Sommaire

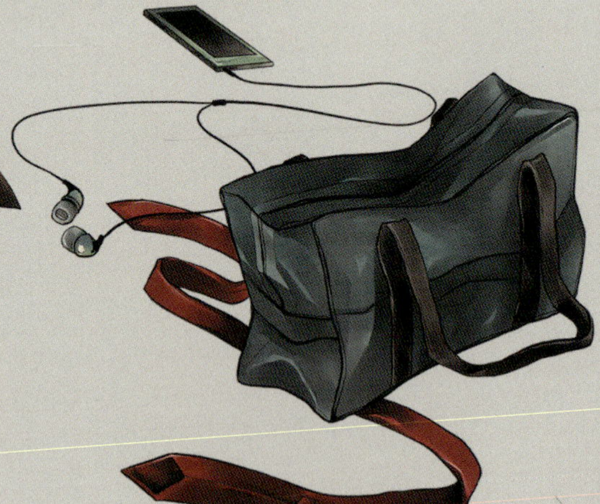

un manga de

AKI NOHAGI

THE CAPRICIOUS LOVE IS MODERATE

[Jouer, mais pas trop]

DIS...
KSHANG
TU N'AURAIS PAS DES HOMMES GAYS DANS TON ENTOURAGE, PAR HASARD ?
KHOFF
QU'EST-CE QUI TE PREND, TANIHANA ?
KHOFF
KHOFF
LES FEMMES NE TE SUFFISENT PLUS ? IL FAUT QUE LES HOMMES Y PASSENT AUSSI, MAINTENANT !?
JE N'AI ENCORE RIEN FAIT !
EN FAIT, J'AI ENTENDU DIRE QUE LA SODOMIE C'ÉTAIT LE PIED.
DU COUP, J'AI EU ENVIE D'ESSAYER...

... SAUF QU'À CHAQUE FOIS QUE JE LE DEMANDE À UNE NANA, ELLE ME COLLE UN PAIN !
NORMAL...
ET DONC...
TU VOUDRAIS DEMANDER DIRECTEMENT À DES GENS QUI AIMENT ÇA, PAS VRAI ?
POURQUOI NE PAS ALLER DANS UN CLUB ?
MOUAIS BOF...
AU MOINS, ÇA NE TE CHANGERAIT PAS BEAUCOUP. ENFIN, JE DIS ÇA, MAIS...
TU NE CROIS PAS QU'IL SERAIT TEMPS DE TE CALMER UN PETIT PEU ?
... NE CAUSE PAS TROP D'ENNUIS AU PATRON, HEIN.
TU ES QUAND MÊME SON FILS CADET.
C'EST JUSTEMENT PARCE QUE JE SUIS LE CADET QUE JE PEUX FAIRE CE QUI ME CHANTE !

ALORS ?
AVEC UN CARNET D'ADRESSES BIEN REMPLI COMME LE TIEN, TU DOIS SÛREMENT AVOIR UNE OU DEUX CONNAISSANCES, NON ?
SMILE
SINON...
... TU FERAIS AUSSI L'AFFAIRE, KINOSHITA...
JE NE SUIS PAS DIFFICILE.
Ha ha ha
PAH
ARRÊTE ÇA TOUT DE SUITE !
CE N'EST PAS DRÔLE !

Shima-kawa ?
Tu l'as sûrement déjà aperçu à l'époque de la fac.
Tu venais toujours t'incruster dans mon cercle, non ?
Il était souvent avec nous.
Un gars super grand.
Je crois qu'il travaille dans une boutique de costumes, à présent.
Je ne me...
...rappelle pas vraiment ce type...
VRRR
BIENVENUE !

AH, ÇA Y EST !
C'EST LUI, JE ME SOUVIENS.
C'est vrai qu'à bien y regarder, il pourrait avoir l'air gay...
... mais c'est loin d'être flagrant.
BAH, AVEC LUI...
BONJOUR MONSIEUR.
N'HÉSITEZ PAS À NOUS DIRE SI VOUS TROUVEZ VOTRE BONHEUR ET SI VOUS SOUHAITEZ QU'ON PRENNE VOS MESURES.

DANS CE CAS...
... POURRAIS-JE PASSER À L'ESSAYAGE, AVEC CE JEUNE HOMME, LÀ-BAS ?
IL A L'AIR D'AVOIR À PEU PRÈS LE MÊME ÂGE ET LE MÊME STYLE QUE MOI.
TRÈS BIEN, MONSIEUR. VEUILLEZ PATIENTER UN INSTANT.
Shima-kawa !
Oui ?
DÉSOLÉ POUR L'ATTENTE, MONSIEUR.
Bienvenue !
VEUILLEZ ME SUIVRE.

C'EST LA PREMIÈRE FOIS QUE VOUS PASSEZ COMMANDE ?
NON...
JE VOIS...
J'AI TOUJOURS PENSÉ QUE DES VÊTEMENTS BIEN CHOISIS ET BIEN AJUSTÉS FAISAIENT RES-SORTIR TOUT LE CHARME D'UNE PERSONNE.
IL EST BON DE POUVOIR ADAPTER SA TENUE À CHAQUE SITUATION QUI SE PRÉSENTE.
ALORS...
JE VAIS MESURER DEVANT, SI VOUS PER-METTEZ.

FSHH
ÇA TE PLAÎT D'EXERCER UN MÉTIER OÙ TU PEUX TRIPOTER DES HOMMES ?
TU ES DE CE BORD, PAS VRAI ?
QUI ÊTES-VOUS...?
HMM...
UN AMI DE KINOSHITA !

J'AI DU MAL À COMPRENDRE OÙ VOUS VOULEZ EN VENIR...
QUAND POURRA-T-ON EN PARLER, ALORS ?
STAP
STAP
... QUE VOUS ÉVITIEZ CE GENRE DE DISCUSSION SUR MON LIEU DE TRAVAIL.
... MAIS J'AIMERAIS...
ZWOUSH
APRÈS MA JOURNÉE...

BONSOIR.
CLING
DLING
J'AI APPELÉ KINOSHITA.
PARFAIT, ON VA POUVOIR ENTRER DIRECTEMENT DANS LE VIF DU SUJET.

JE NE...
... COUCHE PAS AVEC LES HÉTÉROS.
OH, MAIS JE NE DEMANDE PAS DE RELATION RÉGULIÈRE.
RIEN QU'UNE FOIS, CE SERA SUFFISANT.
DANS CE CAS, TU FERAIS MIEUX D'AL-LER DANS UN CLUB.
JE DÉTESTE LES GENS QUI PENSENT COMME TOI !

TROUVE-TOI QUELQU'UN D'AUTRE.
CLANG
ガシャンッ
NOS RELATIONS RESTERONT PROFESSIONNELLES, UN POINT C'EST TOUT !
GLOUP
AU REVOIR !
FRUSTCH
CLING
カラン
DLING
カラン
Oui, c'est à peu près à ça que je m'attendais comme première réaction.
SRRRP

La question, maintenant, est de savoir comment m'y prendre !
BIENVENUE.
BONSOIR !
LE COSTUME QUE VOUS AVEZ COMMAN-DÉ N'EST PAS ENCORE TERM...
JE SUIS VENU M'EN FAIRE FAIRE UN AUTRE !
CETTE FOIS, J'EN VOUDRAIS UN QUE JE POURRAIS PORTER EN SOIRÉE.

... TU DOIS T'OCCUPER DE MOI, NON ?
EN TANT QUE CLIENT...
TU SAIS, QUAND J'AI QUELQUE CHOSE EN TÊTE, IL EST IMPOSSIBLE DE ME FAIRE CHANGER D'AVIS.
JE SUIS CORIACE ! TU VAS DEVOIR T'Y FAIRE, MON CHER SHIMAKAWA !
C'EST JUSTEMENT CE QUI ME REND SI POPULAIRE !
haa
ET BIZARRE, AVEC ÇA !
TU TROUVES ?
EH BIEN...
Peut-être qu'il en a déjà marre de moi, mais en tout cas, je n'ai pas senti la même animosité qu'hier soir.

TANIHANA !
TU VAS ENCORE VOIR SHIMAKAWA ?
OUI ! D'AILLEURS GRÂCE À LUI, JE NE MANQUE PLUS DE COSTUMES !
POURQUOI TU T'OBS-TINES À Y ALLER !?
POUR ESSAYER DE LE DRAGUER PENDANT QU'IL ME MESURE ?
ÉCOUTE... JE SAIS QUE C'EST MOI QUI TE L'AI PRÉSENTÉ...
... MAIS VOUS ÊTES TOUS LES DEUX MES AMIS, TOI COMME LUI !
C'EST POUR ÇA QUE...

ALLEZ, À PLUS !
HÉ ! AT-TENDS !
ON SE VOIT BIENTÔT !
Avec le temps, Shimakawa est de moins en moins méfiant.
Et plus je le fréquente...
...plus mon intérêt à son égard grandit.

Je n'ai aucune preuve réelle...
... de ses préférences pour les hommes...
... mais il ne me semble pas très différent des femmes avec qui je suis sorti jusqu'à aujourd'hui.
VRRRR
SHIMA !

STAP
STAP
STAP
BONSOIR.
BONSOIR MADAME, ÇA FAIT LONG-TEMPS.
OÙ SONT TES BONNES MANIÈRES, MIRAI ?
BONSOIR !
SBOF
AUJOURD'HUI…
… JE SUIS VENUE CHERCHER PAPA !
PAH
QUELLE GRANDE FILLE !
VOUS SORTEZ, CE SOIR ?
OUI !
JE TE LAISSE T'OCCUPER DU RESTE, SHIMAKAWA.
COMPTEZ SUR MOI.
AMUSE-TOI BIEN !

Je m'en doutais.
Allez, on y va !
Oui !
Au revoir !
Voilà la faille dont je vais pouvoir me servir contre lui !
HMM...

ALORS COMME ÇA, TU REFUSES DE COUCHER AVEC DES HÉTÉROS...
... PAR CONTRE, IL T'ARRIVE D'EN TOMBER AMOUREUX ?
BAM

ET UN HOMME MARIÉ, PAR-DESSUS LE MARCHÉ ?
ÇA SUFFIT.
TANT DE CANDEUR, C'EST TROP MIGNON !
TU FAIS MÊME SEMBLANT D'APPRÉCIER SA FEMME ET SA FILLE !
Allez...
Laisse-toi aller...
TOUT ÇA, ALORS QU'AU FOND, TU VOUDRAIS QU'IL SOIT À TOI.
ÇA DOIT VRAIMENT ÊTRE DIFFICILE, HEIN ?
Tu vas sombrer...
LA FERME !

GRAB
ALLEZ...
AVEC TANT DE COLÈRE REFOULÉE, IL FAUT BIEN QUE TU TROUVES UN MOYEN DE DÉCOMPRESSER.
PEUT-ÊTRE QUE COUCHER AVEC MOI, RIEN QU'UNE FOIS, TE CHANGERAIT LES IDÉES ?
PRENDRE TON PIED T'AIDERAIT À L'OUBLIER.
Laisse-moi te prendre.
GSHH
TRÈS BIEN, MAIS NE VIENS PAS LE REGRETTER PLUS TARD.

TU SAIS...
COUCHER AVEC QUELQU'UN QUI EST AMOUREUX D'UN AUTRE, C'EST CE QUI M'EXCITE LE PLUS.
ME PRENDRE POUR REMPLACER L'AUTRE...
... ET FINIR PAR PLEURER DE PLAISIR...
FLAP
C'EST TELLEMENT MIGNON.
TOI AUSSI TU FINIRAS PAR PLEURER.
MAIS NE T'EN FAIS PAS, JE SERAI TENDRE.

GRAB
C'EST PLUTÔT TOI QUI RISQUES DE PLEURER !
VLAM
HEIN ?
GSHH
QUOI !?
NE DIS PAS N'IMPORTE QUOI !
JE T'AI DIT QUE JE VOULAIS COUCHER AVEC TOI POUR TESTER LA SODOMIE !
OUI, MAIS JE N'AI JAMAIS DIT QUE JE TE LAISSERAIS FAIRE.
PAH
JE SUIS UN DOMINANT.

ME FAIRE PRENDRE, ET PUIS QUOI ENCORE ! SÛREMENT PAS !
?!
HAA, QUEL BORDEL...
TU T'ES BIEN FOUTU DE MOI, KINOSHITA !
POF
TOUT CE MAL POUR RIEN...
JE RENTRE, TU M'AS COUPÉ L'ENVIE.
ZWOUSH
TU ME PROVOQUES, ET PUIS TU ESPÈRES T'EN ALLER COMME SI DE RIEN N'ÉTAIT ?
HEIN ?

GRAB
LAISSE-TOI FAIRE...
QUOI ?
JE VAIS TE DONNER DU PLAISIR, TU VERRAS.
TOUT CE QUE TU AS À FAIRE, C'EST ME LAISSER TE PRENDRE. C'EST AUSSI SIMPLE QUE ÇA !
GRAB
FRSHH
FRSHH
SEULEMENT SI C'EST MOI QUI TE PRENDS !
J'AI L'IMPRESSION QUE...
... TU NE SAISIS PAS BIEN LA SITUATION.

PAF
GSHAA
LA FERME !
Ah !
C'est mal barré...
SI TU SAVAIS...
... À QUEL POINT TU M'ÉNERVES.
ALORS...
Il ne va faire qu'une bouchée de moi !
TU VAS M'AIDER À L'OUBLIER ?

ON DIRAIT...
haa
haa
haa
haa
... QUE TU AS DES PRÉDISPOSITIONS POUR ÇA.
FRISSONNE
NE TE F... !
GRAB
NH !
!
SPLAF
Ah !
haa
BRR
BRR
PLISH
PLISH
Ah !

haa
haa
MERDE !
CRRR
RE-TIRE...
... TOI !
Uh
haa
haa
Nh !
AAH !
Ah !
haa
BRRR
BRRR
Nh !
MAINTE-NANT, D'ACCORD.

J'Y VAIS, AU REVOIR !
AU REVOIR !
TIENS, JE NE PENSAIS PAS TE REVOIR.
STAP
STAP
CRSHH
NE TE FOUS PAS DE MOI !
À CAUSE DE TOI...
GRAB

… JE N'ARRIVE PLUS À COUCHER AVEC DES FEMMES !
(tout bas)
C'EST QUOI, CETTE TÊTE !?
VAS-Y ! RIGOLE SI ÇA TE FAIT PLAISIR !!
C'EST PEUT-ÊTRE UNE BONNE CHOSE ?
ET PUIS QUOI, ENCORE !?
QUE ÇA TE SERVE DE LEÇON ! IL EST TEMPS D'ARRÊTER DE COUCHER AVEC N'IMPORTE QUI.
EN PLUS, TU METS KINOSHITA DANS L'EMBARRAS.
J'EN AI RIEN À FAIRE !
MERDE ! JE VAIS TE PRENDRE PAR DERRIÈRE COMME IL FAUT, ET JE RETROUVERAI MA DIGNITÉ MASCULINE !
ÇA, ÇA NE VA PAS ÊTRE POSSIBLE.
Quoi !?

FIN

Dans le bâtiment numéro 2, désert, à côté de la salle de classe 8...
... j'attends patiemment que mon ami sorte des toilettes.
Je ne sais pas ce qu'il fait là-dedans...
... et je préfère ne pas y penser.

THE
CAPRICIOUS LOVE
IS MODERATE
[Intérêt]

SOMEYA...!
TAP
TAP
DIS, TU ES CÉLIBATAIRE EN CE MOMENT, PAS VRAI ?
TAP
SI TU N'AS PERSONNE EN VUE, TU NE VOUDRAIS PAS...
... SORTIR AVEC MOI ?
Dans mon cercle à la fac, je suis devenu très ami...
... avec un gars vraiment étrange.

TU M'AIMES ?
OUI...
QU'EST-CE QUE TU AIMES, CHEZ MOI ?
HEIN ?
OH ! JE SAIS ! C'EST SÛREMENT MON VISAGE !
EUH... OUI...
JE L'AURAIS PARIÉ !
BLA
MOI AUSSI JE L'ADORE ! IL EST PAS MAGNIFIQUE !?
Ouaip !
CHAQUE PARTIE EST DÉJÀ MAGNIFIQUE EN ELLE-MÊME !
BLA
SANS PARLER DE L'ENSEMBLE ! ET PUIS CETTE PERFECTION DANS LA FORME !
BLA
TU N'IMAGINES MÊME PAS COMME JE SUIS RECONNAISSANT ENVERS LES DIEUX...
BLA
Hein ?
Euh...
... QUI M'ONT DONNÉ CE SPLENDIDE VISAGE !
Oui...
Encore dans son délire...

N'EMBÊTE PAS TROP LES GENS !
AH ! KISHI !
TON COURS EST TERMINÉ ? COOL !
TAP
TAP
BON ALORS, ON Y VA ?
QUOI !?
DÉSOLÉ !
REVIENS ME VOIR QUAND TU SERAS PLUS BELLE QUE MOI !
LE TACT, ÇA TE DIT QUELQUE CHOSE ?
BEN QUOI, CE N'EST QUE LA VÉRITÉ !

Il l'a encore fait !
Ha ha ha
Les aînés qui le connaissent m'avaient prévenu...
Et voilà, j'ai coiffé ma frange !
Ça ne fait pas une grande différence...
Tu ne comprends rien à tout ça, Kishi !
... que c'est un véritable narcissique.
Someya s'aime, c'est un fait.
第二講義室
Ses valeurs étaient tellement différentes que je l'ai trouvé intéressant et on a commencé à traîner ensemble.
ON A LE DROIT DE PRENDRE DU MATOS POUR LE PROCHAIN EXAMEN ?
SEULEMENT NOS NOTES, PAS LES POLYCOPIÉS.
SÉRIEUX !?

FRSHH
J'AI FAIT DES RÉSUMÉS...
... TU VEUX LES VOIR ?
JE TE RECONNAIS BIEN LÀ, KISHI !
MERCI !
C'était juste un ami un peu bizarre.
... il y a un mois de cela.
Mais la situation a un peu changé...
CLANG

Quand les cours sont finis...
Attends-moi.
O.K.
CLAC
... Someya vient toujours dans ces toilettes que pratiquement plus personne n'utilise.
D'habitude, je ne dis jamais rien...
Désolé pour l'attente !
T'in-quiète !
T'es déjà allé, là ?
Non...
On pourrait tester aujourd'hui ?
C'est peut-être parce que j'étais concentré sur mon portable...
... mais quoi qu'il en soit, mes lèvres ont bougé toutes seules.
Tu mets toujours un temps fou aux toilettes !

Ah !
Non, c'est rien...
Ah bon ?
Ce ne sont pas des choses à dire...!
Hmm...
En fait...
... c'est parce que je me masturbe.
Quoi !?
J'ai du mal à attendre jusqu'au soir...
... et puis c'est excitant de le faire à l'école.
Pas facile de se retenir.
À force, c'est un peu devenu une habitude...

Tu veux qu'on le fasse ensemble ?
Non merci...
T'es sûr ?
Certain, je surveillerai que personne n'entre.
J'ai essayé de toutes mes forces que ça ne transparaisse pas sur mon visage...
Merci !
... mais j'ai été sérieusement troublé.

Pfiou, je suis crevé !
Enfin fini !
On se fait un karaoké ?
CLANG
CLANG
ÇA TE DIT DE FAIRE UN PEU DE SHOPPING AVEC MOI ?
OUAIS, BIEN SÛR.
CLANG
AH ! MAIS AVANT...
... JE VAIS PASSER...
... À L'ENDROIT HABITUEL.
C'est peut-être parce qu'il est si indifférent vis-à-vis des autres...
... que je n'ai jamais senti de tension sexuelle émaner de lui.
Mais là, de l'autre côté de ce mur, Someya...
... est en train de se toucher.

Qui sait si un jour...
CLANG
... je ne franchirai pas ce mur, moi aussi.
MAIS À QUOI JE PENSE, MOI !?
POC
haa
Ça me terrifie...
ON Y VA ?
Et lui, de son côté, ne se doute de rien.

TIENS ?
IL N'EST PAS LÀ ?
VOUS N'AURIEZ PAS VU SOMEYA ?
Salut !
IL A LAISSÉ SES AFFAIRES ICI ET EST PARTI ON NE SAIT OÙ...
Il s'est installé là !
MERCI !
OH !
POF
C'EST BIZARRE...
D'HABITUDE IL NE S'EN SÉPARE JAMAIS.

TIENS, MAIS AU FAIT... JE N'AI PAS LA MOINDRE IDÉE DE CE QU'IL ÉCOUTE...
HU HU
JE VAIS JETER UN ŒIL !
ZWOUP
OH, DU JAZZ...
ET DE LA J-POP...
HM ?
Morceaux préférés
Sans titre
C'EST QUOI, ÇA ?
SANS...
... TITRE ?
PAH

LA CURIOSITÉ EST UN VILAIN DÉFAUT !
TU NE CROIS PAS, KISHI ?
TU VAS ME FAIRE ROUGIR...
JE VOULAIS JUSTE VOIR QUEL GENRE DE MUSIQUE TU AIMAIS.
CLANG
ALORS, TU M'EX-PLIQUES ?
DE QUOI ?
POC
LE DOSSIER SANS NOM...
Hé hé
... C'EST DES TRUCS ÉROTIQUES ?

ÇA T'INTÉ-
RESSE ?
HEIN ?
BEN...
JE VOIS...
ATTENDS ENCORE UN PEU ET JE TE LE DIRAI.
POURQUOI TANT DE MYSTÈRES ?

PARCE QUE...
... QUAND TU EN AURAS ÉCOUTÉ LE CONTENU, TU NE POURRAS PLUS JAMAIS L'OUBLIER.
Eh ben voilà ! J'ai trop envie de savoir, maintenant !
Qu'est-ce qu'il fabrique ?
IL ÉCOUTE ÇA QUAND IL SE CLOÎTRE AUX TOILETTES ?
Aucune idée...
Uuuurgh
Entre deux cours
IL S'EN SERT POUR FAIRE SA PETITE AFFAIRE ?
REMARQUE, AVEC DES VOIX, C'EST ENCORE UN NIVEAU AU-DESSUS COMPARÉ À JUSTE L'IMAGINATION...
Au fait...

Il faut que je garde mon sang-froid !

KISHI, SOMEYA !
VOUS SAVEZ, POUR LE STAND DU CERCLE DONT J'AVAIS PARLÉ L'AUTRE JOUR...
AH, OUI ! QU'EST-CE QUE ÇA DONNE ?
Yeah !
J'AI OBTENU UNE AUTORISATION DE TROIS MOIS !
Oooh !
MAINTENANT, IL VA FALLOIR LE METTRE EN PLACE ET LE DÉCORER.
VOUS POURRIEZ DONNER UN COUP DE MAIN ?
BIEN SÛR !
OUI !
TOI AUSSI, SOMEYA ?
SUPER ! ON SE RETROUVE DEVANT LES GRANDES PORTES, ALORS !

ÇA DEVRAIT ALLER POUR LE RESTE !
UN GRAND MERCI, EN TOUT CAS !
D'AUTRES ÉTUDIANTS VONT VENIR AIDER POUR LA VENTE...
VOUS POUVEZ ARRÊTER LÀ !
JE VAIS ALLER CHERCHER NOS AFFAIRES...
DONNE UN DERNIER COUP DE MAIN EN M'ATTENDANT !
D'ACCORD.
Dans ce cas, on va...

LA VACHE, J'AI MAL AU DOS !
C'ÉTAIT PLUS DUR QUE JE LE PENSAIS !
CLANG
FRSHH
OUAH !
VROUSHH
AH BEN BRAVO !

AH !
C'EST VRAI QUE JE N'AI TOUJOURS PAS ÉCOUTÉ...
IL AVAIT DIT D'ATTENDRE ENCORE UN PEU, ÇA DEVRAIT ÊTRE BON MAINTENANT, NON ?
SCRUTE
ENFIN, JE SUPPOSE !
ZOUP

MA CURIOSITÉ EST PLUS FORTE QUE TOUT...
PAR-DONNE-MOI, SOMEYA !
Désolé
HEIN ...?
C'EST...
Ce n'était pas tant pour connaître le contenu de ce dossier...
J'avais surtout l'impression que ça me rapprocherait de Someya.
Mais...
AH LÀ LÀ...

TU AS ÉCOUTÉ ?
J'AI...
... UNE BELLE VOIX, HEIN ?
DIS...
HM ?
OUI, C'EST ÇA !

C'EST MOI QUI GÉMIS DE PLAISIR.
JE N'ARRIVE PAS À JOUIR SANS ÉCOUTER ÇA.
MA PROPRE VOIX...
... M'EXCITE !

ÇA FAIT LOOONG-TEMPS QUE J'AVAIS ENVIE DE TE LA FAIRE ÉCOUTER.
MAIS POUR ÇA, IL FALLAIT QU'ON SOIT SEULS TOUS LES DEUX.
ÇA AURAIT ÉTÉ PLUTÔT GÊNANT, SINON.
REGARDE !
TU AS REMARQUÉ ?
TU BANDES, ET PAS QU'UN PEU.
FRSHH

.....!
JE ME DOUTAIS BIEN QUE MA VOIX T'EXCITERAIT AUSSI !
GRAB
ALORS...
... KISHI ?
FRISSON
ÇA VA ÊTRE DUR DE RES-TER DANS CET ÉTAT, HEIN ?
NE T'EN FAIS PAS, J'AI FERMÉ À CLÉ...
... ET JE VAIS SURVEILLER POUR TOI.
VAS-Y, FAIS-TOI PLAISIR !

SPLUSH
SPLUSH
SPLUSH
C'EST BON ?
SPLUSH
ÉVIDEMMENT QUE C'EST BON...! J'EN POSE, MOI, DE CES QUESTIONS !
SPLUSH
HA !
JE SAIS !

FRISSON
VOILÀ !
CLIC
COMME ÇA...
... TU M'ENTENDS ENCORE MIEUX !
HAN
haa
BRRR
BRRR
haa
PLIC
ぽた
PLIC
ぽた
HA ! HA ! TU AS JOUI !

POURQUOI...
... EST-CE QUE TU NE T'ES JAMAIS DÉCIDÉ À AGIR ?
J'AI REMARQUÉ COMMENT TU ME REGARDAIS...
Uugh...
LE COUP DU « JE ME MASTURBE », C'ÉTAIT PAS VRAI.
HEIN !?
Sérieux !?
C'EST PARCE QUE JE ME RECOIFFE QUE JE METS DU TEMPS AUX TOILETTES.
JE VOULAIS JUSTE VOIR COMMENT TU RÉAGIRAIS EN ENTENDANT MA RÉPONSE.
C'ÉTAIT POUR T'EMBÊTER.

TU ÉTAIS TELLEMENT MIGNON !
TU ESSAYAIS DE CACHER TA GÊNE, MAIS C'ÉTAIT GRILLÉ !
ENFIN BON, CES DERNIERS TEMPS, JE ME SUIS VRAIMENT MASTURBÉ...
PUIS J'AI EU ENVIE DE TE FAIRE ÉCOUTER MA VOIX QUAND JE PRENAIS MON PIED...
TU SAIS, KISHI...
FSHH
FSHH
... C'EST LA PREMIÈRE FOIS QUE JE SUIS EXCITÉ PAR QUELQU'UN D'AUTRE QUE MOI.
ET JE VEUX T'EXCITER EN-CORE PLUS !
POUR QU'AU FINAL...

... TU NE PUISSES PLUS JOUIR...
... SANS ENTENDRE MA VOIX !
Je crois que c'est plutôt moi...
... qui n'avais aucune idée de ce qui se tramait !
GLOUPS
Il ne s'agit plus de me rapprocher de lui, là. Je suis probablement sur le point de mettre les pieds dans un monde totalement inconnu !
Intérêt/FIN

haa
Sa voix en train de gémir...
haa
haa
haa
haa
haa
... son regard plein de désir...
haa
... les caresses de ses mains sur mon corps...
haa
Tout me pénètre...
haa
haa
haa
haa
haa
... et me ronge de l'intérieur.
haa

Je suis ton
chien de
Pavlov

Comment pourrait-on qualifier notre relation, à Someya et moi ? Connaissances du même cercle ? Amis ?
C'est ce qu'il a dit !
Amants ? J'avoue que pendant un instant, j'y ai cru...
Sex-friends...? Pas vraiment. Partenaires de mastur-bation...? Pas tout à fait non plus...
... mais c'est encore différent.
Salut !
TAP
DIS !
TAP
En com-paraison, ce serait plutôt...
T'ES DISPO AU-JOURD'HUI ?
... comme un maître...
... et son chien ?
EUH, OUAIS...

Allez...
Mens
Viens avec moi !
CLAC
Tout a commencé quand j'ai appris que Someya se masturbait en écoutant des enregistrements de lui en train de gémir.
FRISSON
Pour être franc, j'avais envie de voir...
haa
haa
SPLISH
SPLISH
haa
haa
... quelle tête il faisait en se touchant.
SPLISH
Mais...
FRISSON
Hé...!
haa
FRSHH
Qu'est-ce que tu essayes de faire ?

Kishi...
Ne fais rien tout de suite.
FRISSON
Concentre-toi sur ce que je fais, d'accord ?
Attends d'être rentré chez toi, et là seulement, tu pourras te soulager en te remémorant ce moment !
haa
Je commence à perdre la tête.
haa
Tous les jours...
Ah !
Nh !
haa
haa
... c'est la même chose.
GRAB
KISHI...
C'EST TOUT POUR AUJOURD'HUI.
PUSH

CLANG
TAP
JE LE SAVAIS !
CLAC
ZIIIP
CLANK
AAAH !
MERDE !
C'EST TREMPÉ...!
POF
JE N'ARRIVE PAS À M'HABITUER À RENTRER DANS CET ÉTAT...
ZWOUSH
SPLUSH
Han
SPLUSH
Le visage de Someya ...
... et sa voix...
... sont en-core vivement ancrés dans mon esprit.
Nh !
Kishi...

Tripote-toi pour jouir.
Tu aimes ça, ici, pas vrai ?
GRAB
haa
SPLISH
haa
SPLISH
FRISSON
!
Je ne sais même pas pourquoi je lui obéis puisqu'il ne me voit pas.
PLIC
haa
haa
PLIC
Est-ce que les choses peuvent continuer ainsi...?
POF
Non, certainement pas...
haa
haa
Je voudrais que notre relation soit différente...

ON NE POURRAIT PAS ARRÊTER ?
TU N'AIMES PAS ?
CE N'EST PAS LA QUESTION !
CE QU'ON FAIT, LÀ...
IL Y A BIEN D'AUTRES CHOSES À FAIRE, NON ?
COMME AVANT !
ON POURRAIT FAIRE DU SHOPPING...
... ALLER AU KARAOKÉ...
... MAN-GER UN MORCEAU EN-SEMBLE...
FAIRE DES TRUCS NORMAUX, QUOI !

D'ACCORD !
ALORS, ON N'A QU'À SORTIR EN RENDEZ-VOUS AUJOURD'HUI ?
ÇA TE VA, COMME ÇA ?
J'AI OUBLIÉ D'ACHETER UN TRUC, ATTENDS-MOI TRANQUILLE-MENT.
O.K.
Ben ça alors...
FOOD

JE PENSAIS AVOIR PERDU LE RYTHME, MAIS C'ÉTAIT VRAIMENT SYMPA.
Someya devait juste avoir du mal à sortir de ce cercle vicieux, lui aussi.
C'EST CHOUETTE QUE LES CHOSES SOIENT REDEVENUES...
... COMME AVANT.
TAP
TAP
KISHI !
BOBOM
J'AI FINI !

TANT QUE J'Y ÉTAIS, J'AI PRIS DE LA BIÈRE.
ON PEUT REPASSER BOIRE UN VERRE CHEZ MOI !
AH...
EUH...
OUI !
C'était quoi...
... à l'instant ?
CLANG
IL N'A FAIT QUE PRONONCER MON NOM...
... MAIS DEPUIS...
... MON CŒUR BAT LA CHAMADE, JE N'ARRIVE PAS À ME CALMER.

KISHI...
GRAB
TU VAS BOUSCULER LES GENS SI TU NE FAIS PAS ATTENTION.
DÉSOLÉ...
Sa voix ne fait plus qu'une...
... avec celle qui me ronge.
KISHI...
PAH
FRISSON
C'est pourtant moi...
... qui ai voulu qu'on arrête !

SOMEYA...
TU AS ACHETÉ COMBIEN DE BIÈRES ?
HM ?
QUATRE, POURQUOI ?
ON DEVRAIT EN RACHETER QUELQUES-UNES.
BIG STOR
D'ACCORD, MAIS NE VIENS PAS TE PLAINDRE...
... SI TU ES SAOUL ET QUE TU T'ENDORS !
JE PEUX DORMIR PAR TERRE, ÇA M'EST ÉGAL.
TOUT VA BIEN...
CLANK
Ça va passer.

NH...
J'AI MAL À LA TÊTE...
JE N'AI PAS BU TANT QUE ÇA, POURTANT.
PAH
GSHH
QUOI !?
QU'EST-CE QUE C'EST QUE ÇA !?
TAP
TU ES RÉVEILLÉ ?

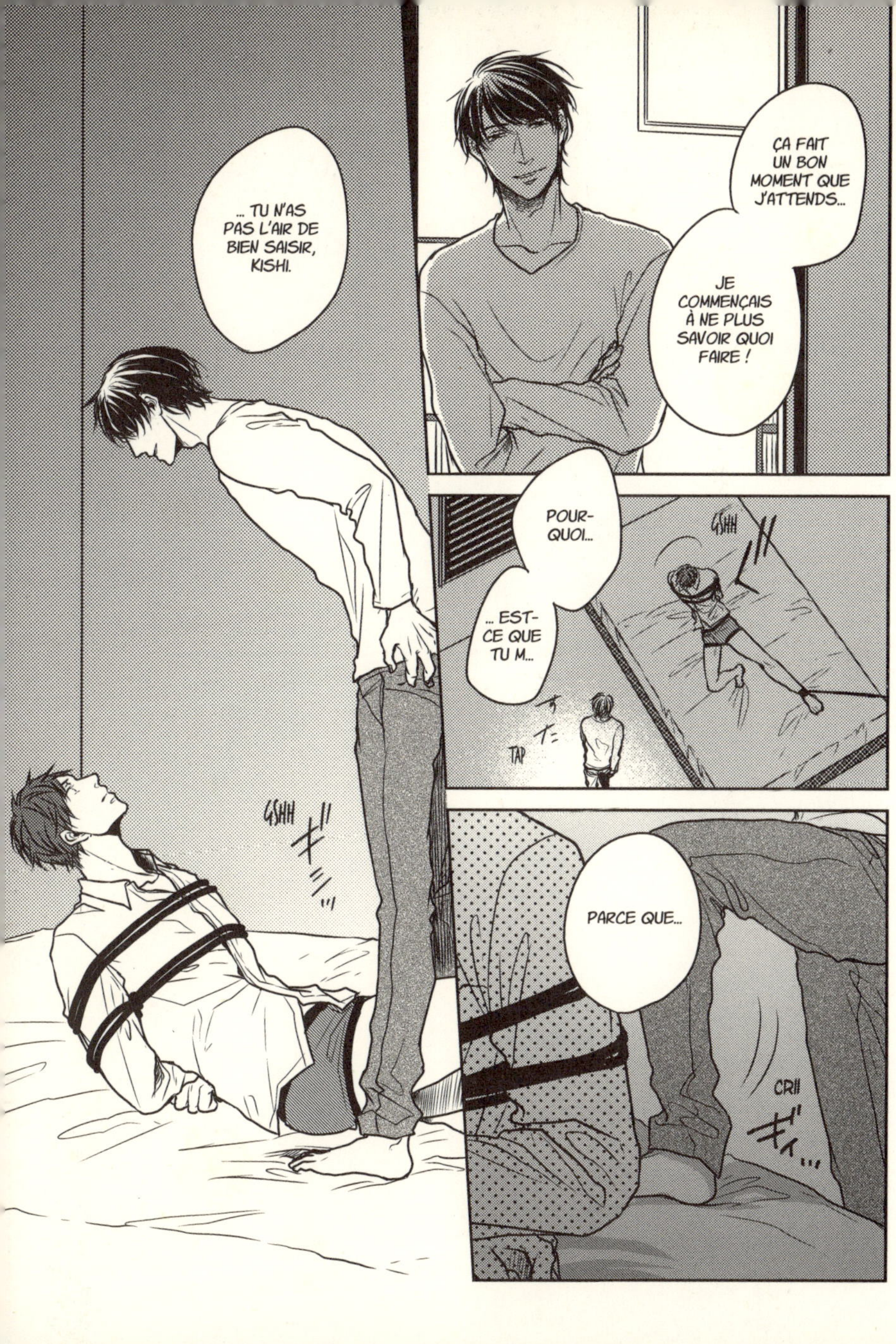
ÇA FAIT UN BON MOMENT QUE J'ATTENDS...
JE COMMENÇAIS À NE PLUS SAVOIR QUOI FAIRE !
POURQUOI...
... EST-CE QUE TU M...
GSHH
TAP
PARCE QUE...
CRII
... TU N'AS PAS L'AIR DE BIEN SAISIR, KISHI.
GSHH

TU NE PEUX PLUS FAIRE MACHINE ARRIÈRE.
POF
TU N'AS PAS REMARQUÉ...
... LA TÊTE QUE TU FAIS QUAND JE PRONONCE TON NOM ?
LA ROUTINE HABITUELLE NE TE SUFFIT PLUS.
FRSHH
FRSHH
TU ATTENDS QUE JE TE DONNE DES ORDRES.
TU AIMES DEVOIR TE RETENIR, PAS VRAI ?
À CHAQUE FOIS QUE TU RENTRES CHEZ TOI...
... TU AS TOUJOURS L'AIR SATISFAIT.
ON DIRAIT QUE TU ATTENDS QUELQUE CHOSE.

KISHI...
LÈCHE !
ZWOUSH
Je ne m'en étais pas rendu compte...
... mais il a raison. Je ne peux plus faire demi-tour.
JE SAIS QUE TU AS TOUJOURS VOULU QUE JE TE TOUCHE.
BRRR
OUI, C'EST BIEN.
TU ES TRÈS DOUÉ.
SLURP

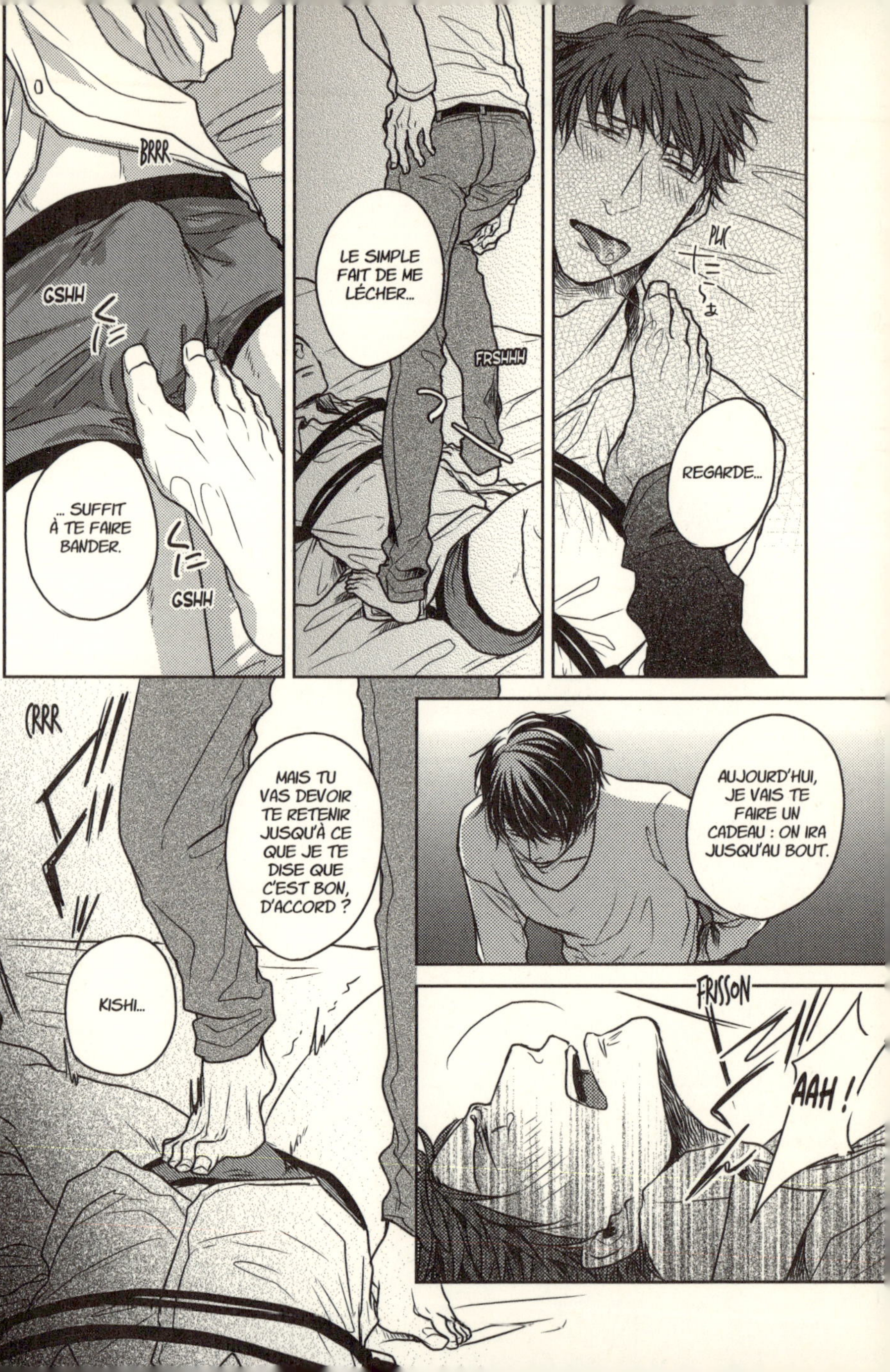
PLIC
REGARDE...
LE SIMPLE FAIT DE ME LÉCHER...
FRSHHH
BRRR
GSHH
... SUFFIT À TE FAIRE BANDER.
GSHH
AUJOURD'HUI, JE VAIS TE FAIRE UN CADEAU : ON IRA JUSQU'AU BOUT.
CRRR
MAIS TU VAS DEVOIR TE RETENIR JUSQU'À CE QUE JE TE DISE QUE C'EST BON, D'ACCORD ?
KISHI...
FRISSON
AAH !

Combien de temps s'est écoulé ?
MON CORPS ET MON ESPRIT...
... SONT EN TRAIN DE DEVENIR FOUS.
haa
haa
BRRR
Ses stimulations continues...
haa
haa
SPLISH
SPLISH
SPLISH
... sa voix, tout...
Ah
Uh !
SPLISH
haa
haa
haa
SPLISH
FRSHH
SPLISH
SPLISH
C'est insupportable...
BRRR
SPRRRT
AH !
HA...!
haa
haa
TU AS ATTEINT TES LIMITES ?
FRISSON

BON...
UN PETIT DERNIER...
... POUR LA ROUTE.
FRISSON
GNAP
Nnh !
BRRR
GRAB
PINCH
AÏE !
FRSH
FRSH
BRR
JE...
JE NE...!
SPLISH

haa
AH LÀ LÀ...
haa
haa
haa
haa
haa
REGARDE, TU T'ES MORDU LA LÈVRE...
MAIS TU AS TENU BON, JE TE FÉLICITE.
SLURP
GSHH
COMME RÉCOMPENSE...
... TU VAS POUVOIR JOUIR EN MOI AUTANT QUE TU VEUX.

NH !
BRR
SPLAF
BRR
AAAH !
HA !
AH !
♥
FRISSON
IN-CROYABLE !
TU SENS...?
PLUSH
PLIC
PLIC
BRRR
SPLAF
FRISSON
AH !
ENCORE...!
OUI !
ALLEZ...
VAS-Y...
FRISSON
JOUIS...

AH !
HAN !
haa
SPLISH
SPLAF
Ah !
Ah
SPLAF
SPLISH
DIS...
KISHI...!
ON DIRAIT...
haa
... QUE C'EST TOI... AH !
haa
SPLISH
SPLAF
haa
... QUI TE FAIS... VIOLER...
HA ! HA ! HA !
SPLAF
haa
AH !
AH !
haa
haa
SPLISH
haa
SPLAF
SPLAF
haa
haa

Je suis ton chien de Pavlov/FIN

CLANG
La dernière lubie de notre prof, ça a été de changer les places.
STAP
STAP
Et on dirait bien...
FOUAAH
ÇA SENT BON...
POURQUOI TU PORTES ENCORE TES MANCHES LONGUES EN ÉTÉ ?
TU N'AS PAS CHAUD ?
TU ME FAIS TROP RIRE !
... que j'ai tiré le mauvais numéro.

Ton parfum

Jusqu'à aujourd'hui, je ne me suis jamais beaucoup préoccupé des places dans la classe.
Quand je suis seul, personne ne vient jamais me déranger...
... et je me dis juste que j'ai du bol quand un gars que je trouve mignon est assis à côté, sans plus.
Je ne pensais pas que changer les places maintenant bouleverserait mon quotidien d'une quelconque façon...
Mon nouveau voisin est le genre de gars avec qui j'ai vraiment du mal.
T'ES PLUTÔT INTELLIGENT MIZOGUCHI, NON ?
DIS...
... mais je me plantais royalement.

Je déteste les gens stupides et bruyants ! Je préfèrerais ne jamais avoir affaire à eux !
TU NE VOUDRAIS PAS M'AIDER À RÉVISER ?
S'il était derrière moi, au moins, je pourrais l'ignorer...
Mais évidemment, j'ai toujours la poisse aux tirages au sort.
Malheureusement, il n'a pas eu l'air de s'en rendre compte, et il est comme ça depuis le changement de places.
JUSTE HISTOIRE DE NE PAS ÊTRE DANS LE ROUGE.
J'AI PAS ENVIE DE ME TAPER LES EXAMENS DE REPÊCHAGE !
Et ce que je déteste par-dessus tout, c'est cette odeur !
IRRITÉ
J'ai le nez qui pique, à cause de lui !
Pourquoi il a changé de parfum le lendemain de son arrivée devant moi !?
DIS DONC...
HM ?

TU COCOTTES À MORT !
BEN QUOI ? ÇA SENT BON, NON ?
NON, ÇA PUE ! ET SI TU CONTINUES, ÇA VA TE GRILLER LES NARINES EN PLUS DES NEURONES !
ENFIN BON, SI ÇA PUE, IL VAUT MIEUX QUE J'EN ACHÈTE UN AUTRE.
SNIFF
HA ! HA ! JE NE SAVAIS PAS QUE TU ÉTAIS DU GENRE LANGUE DE VIPÈRE !
PAS BESOIN D'EN RACHETER UN, TU PEUX UTILISER CELUI QUE TU PORTAIS LE JOUR DU CHANGEMENT DE PLACES.
QUELQUE CHOSE DE PLUS NATUREL, ÇA TE VA MIEUX.
T'AS SENTI UN TRUC ?
OUAIS...
HMM...

TU SAIS QUE JE NE PORTAIS PAS DE PARFUM, CE JOUR-LÀ ?
ÇA VEUT DIRE QUE TU AIMES MON ODEUR ?
QUOI ?
SMILE
IL SE MOQUE DE MOI...?
RASSEM-BLEMENT !

CLAC
CETTE PHRASE, JE SUIS SÛR QUE C'ÉTAIT POUR SE FOUTRE DE MOI...
Je vais sans doute devenir le nouveau sujet de rigolade de ce type et sa bande d'amis.
J'espère qu'il n'ira pas répandre de drôles de rumeurs...
Tout ce que je veux, moi, c'est finir ma scolarité tranquillement, sans faire de vagues.
BON SANG ! J'AI TELLEMENT COGITÉ CETTE NUIT QUE JE N'AI PAS RÉUSSI À FERMER L'ŒIL !
STAP
STAP
ZWOUSH
SENS, C'EST L'ODEUR QUE TU AIMES !

WAOUW !
LA TÊTE ! TU AS MAL DORMI ?
TIENS ?
PAS DE RÉACTION ? CE N'EST PAS LA BONNE ODEUR ?
SNIFF
すん
SNIFF
Hmm...
POURTANT C'EST LE MÊME SAVON...
J'EN AI PAS MIS ASSEZ ?
CE N'ÉTAIT PAS POUR VANNER ?
HEIN ? DE QUOI TU PARLES ?
VANNER... GENRE, FAIRE DE L'HUMOUR ?
TU AS TROP MATÉ LA TÉLÉ... C'EST POUR ÇA QUE T'AS PAS BEAUCOUP DORMI ?
LAISSE TOMBER...
BON, J'AI PAS TOUT COMPRIS, MAIS...
JE ME PRENDS TROP LA TÊTE, C'EST TOUT.

... ÇA VEUT DIRE QUE TU M'ACCEPTES ?
En fait, il est beaucoup plus naturel que je le pensais...
... et petit à petit, on s'est mis à traîner ensemble.
TAKU ! TU N'AS PAS RÉPONDU À MAÏ !
DÉ-PÊCHE-TOI !
MINCE, J'AI ZAPPÉ !
SALUT, TAKU !
AU-JOURD'HUI, ON VA T'ÉCRASER !
VU COMME T'ES NUL, KAZUKI, ÇA M'ÉTON-NERAIT !
RÉPÈTE UN PEU !?
Il est très populaire, aussi bien auprès des garçons qu'auprès des filles.
ARRÊTE, DÉBILE !
C'EST TOI LE DÉBILE !

C'EST VRAI QU'IL A UNE SACRÉE ALLURE !
BIIIP
TAP
SI JE ME SOUVIENS BIEN, IL A DIT QU'IL PRATIQUAIT LE BASKET TOUS LES JOURS DEPUIS LE COLLÈGE.
TAP
PLUS JE LE REGARDE, ET PLUS IL M'IMPRESSIONNE...!
RAAH, MAIS NON ! IL FAUT QUE J'ARRÊTE DE LE VOIR COMME ÇA !
TU T'APPELLES MIZOGUCHI, C'EST ÇA ?
DÉSOLÉ DE TE DÉRANGER !
JE TE VOIS BEAUCOUP DISCUTER AVEC SAWAHARA CES TEMPS-CI !
POUR ÊTRE FRANC, JE T'AI TOUJOURS TROUVÉ DIFFICILE À ABORDER...
... MAIS JE ME DIS QUE TU NE L'ES PEUT-ÊTRE PAS TANT QUE ÇA, FINALEMENT.
BAH, C'EST LUI QUI VIENT TOUJOURS ME PARLER...
HA ! HA ! OUAIS, IL EST COMME ÇA AVEC TOUT LE MONDE.
JE CONNAIS TAKU DEPUIS LE COLLÈGE, ON FAISAIT PARTIE DU MÊME CLUB.
OH, JE VOIS !

BIIIP
JE COMPRENDS MIEUX...
OUI, MAIS ÇA RESTE UN LOISIR.
STAP
STAP
SLURP
GRAB
DE QUOI VOUS PARLEZ ?
OH ! C'EST TOI, TAKU !
OUAIP !
ÇA VA ÊTRE À TOI DE JOUER, UCCHI !
MERCI POUR L'INFO !

À LA PROCHAINE !
OUAIS...
STAP
STAP
STAP
ALORS, DE QUOI VOUS PARLIEZ ?
PRINCIPALEMENT DE TOI.
QUOI !? VOUS PARLEZ DE MOI DERRIÈRE MON DOS !? C'EST TROP MÉCHANT !
RASSURE-TOI, ON NE DISAIT RIEN DE MAL.
DIS, TU NE JOUES PAS AU BASKET ?
J'AI HORREUR DES JEUX DE BALLE !
ALLEZ, VIENS JOUER, MON PETIT YÛ !
SBAM
ARRÊTE ÇA, ANDOUILLE !
ET NE M'APPELLE PAS COMME ÇA, C'EST DÉGUEU !
BEN QUOI « YÛSUKE » EN ABRÉGÉ, ÇA DONNE « YÛ » !
ON EST AMIS MAINTENANT, JE PEUX BIEN TE DONNER UN SURNOM, HEIN, MON PETIT YÛ ?
SÉRIEUSEMENT...
JE NE VOIS PAS LE PROBLÈME !
PFFF...
LÂCHE-MOI !
ET ON NE DIT PAS « MON PETIT » À UN GARÇON DE MON ÂGE !
BON, BEN « YÛ » TOUT COURT, ALORS.

YÛ...
TAKU, T'ES OÙ !? TAAAKUUU !

ALLEZ, TAKU, MONTRE-TOI !
AAAH...
ON M'APPELLE...
J'AI P'TET UN PEU TROP DÉCONNÉ ?
TU DEVRAIS VOIR TA TÊTE, C'EST SUPER-DRÔLE !
ALLEZ, À PLUS !
J'ai cru qu'il allait m'embrasser.
NE M'APPELLE PAS COMME SI J'ÉTAIS UN CHIEN, TOI !
AH ! ENFIN ! ON A BESOIN DE RENFORTS !

Rien ne s'est passé depuis ce jour.
bye!
POF
Tout est exactement comme d'habitude.
C'était sûrement encore une de ses plaisanteries.
GRAB
Sauf que depuis que j'ai vu son visage de si près, je n'arrive pas à me le sortir de la tête...
... et maintenant, c'est à lui que je pense quand je me masturbe.

haa
FRSHH
POC
Je me suis imaginé la scène tellement de fois...
Quel effet ça ferait de lui faire l'amour ?
... que j'éprouve de moins en moins de culpabilité.

TAKUTO !
OUI ?
VIENS UNE MINUTE !
DÉSOLÉ, JE PARS DEVANT. ON DOIT ALLER AU LABO DE CHIMIE APRÈS, C'EST ÇA ?
OUAIS.
OUAIS, J'ARRIVE...
Hé ! Hé !
TAKU A ENCORE ÉTÉ APPELÉ, QUEL SUCCÈS !
EN PLUS COMME IL EST CÉLIBATAIRE EN CE MOMENT, LES FILLES SONT TOUTES À SES PIEDS.
Hé ! Hé !
TU VAS SORTIR AVEC ELLE ?
HEIN ?

AH, NON...
J'AI REFUSÉ.
C'ÉTAIT PAS TON GENRE ?
BOF, C'EST PAS TELLEMENT LA QUESTION...
ON POURRAIT DIRE...
... QUE JE FAIS UNE SORTE DE PETITE PAUSE À CE NIVEAU-LÀ ?
EN PLUS DERNIÈREMENT, JE LES FAISAIS TOUTES PLEURER ET ELLES ME LARGUAIENT COMME UNE VIELLE CHAUSSETTE !
PEUT-ÊTRE, MAIS C'ÉTAIT TA FAUTE.
HA ! HA ! OUI, J'AVOUE ! MAIS C'EST QUAND MÊME TOUJOURS BLESSANT DE SE FAIRE JETER.
SI TU LES FAISAIS PLEURER, TU N'AS EU QUE CE QUE TU MÉRITAIS.
HMM...
OUI...
C'EST PAS FAUX...

MAIS QUAND C'EST IMPOSSIBLE, C'EST IMPOSSIBLE.
MARMONNE
AH !
JE NE LE FAISAIS PAS EXPRÈS, HEIN !
FAIRE PLEURER LES FILLES NE FAIT PAS PARTIE DE MES PASSE-TEMPS !
JE M'EN DOUTE...
Je ne l'avais jamais vu comme ça.
ELLE EST TOUJOURS PAS LÀ, LA PROF ?
T'AIMES LA CHIMIE, TOI ?
PAS QUAND ÇA DEVIENT TROP COMPLIQUÉ, MAIS LES EXPÉRIENCES, C'EST COOL !
OUAIS, MAIS ON N'EN FAIT PRESQUE JAMAIS.
SHKAC
VEUILLEZ EXCUSER MON RETARD !
VOUS AVEZ BIEN IMPRIMÉ LES FEUILLES DONT VOUS AUREZ BESOIN ?
À vrai dire, je ne sais pratiquement rien de lui...

BON SANG !
POURQUOI SONT-ILS TOUS AUSSI MOTIVÉS POUR CE FI-CHU FESTIVAL CULTUREL !?
PERSONNE N'AVAIT PRÉVENU QUE ÇA FINIRAIT SI TARD !
S'ILS PENSENT QUE TOUT LE MONDE HABITE À CÔTÉ DE L'ÉCOLE, ILS SE FOUTENT LE DOIGT DANS L'ŒIL !
IL Y A ENCORE QUELQU'UN ?
C'EST LA FILLE QUI VOULAIT SORTIR AVEC SAWAHARA...
TU AS ENTENDU CE QU'ON RACONTE SUR TAKU ?
D'APRÈS SA DERNIÈRE PETITE AMIE...
... IL N'A PAS PU BANDER AU MOMENT CRITIQUE, ET IL SE SERAIT EXCUSÉ À GENOUX DEVANT ELLE !
QUOI, SÉRIEU-SEMENT ?
TIENS ? IL ME SEMBLE AVOIR ENTENDU MAYU RACONTER UN TRUC DU GENRE, AUSSI.
CE SERAIT VRAI, ALORS ?

TU PARLES DE LA RUMEUR COMME QUOI IL SERAIT GAY ?
OUAH ! DÉGUEU !
SÉRIEUX ?
C'EST VRAI QUE C'EST BIZARRE DE PAS AVOIR D'ÉRECTION AVEC DES FILLES !
HA ! HA ! HA !
COMMENT ÇA CRAINT ! DÉGOÛTANT !
DITES DONC, VOUS !
SHKAC
SURSAUTE
HÉ !!

ARRÊTEZ UN PEU DE RACONTER DES CONNERIES SANS AUCUN FONDEMENT !
JE CROYAIS QUE VOUS ÉTIEZ SES AMIS ?
STAP
STAP
IL NE ME SEMBLE PAS L'AVOIR DÉJÀ ENTENDU VOUS CRITIQUER, LUI !
C'EST FACILE DE DIRE DU MAL DES AUTRES QUAND ILS NE SONT PAS LÀ !
VOUS ÊTES DÉTESTABLES !
....!
PEUT-ÊTRE, MAIS...
DE QUOI ?
TU FERAIS BIEN DE RESTER SUR TES GARDES, IL DOIT AVOIR DES VUES SUR TOI !
BEN...
CRRR
CLANG

À LA BASE, C'EST ELLE QUI DEVAIT ÊTRE ASSISE DEVANT TOI.
BLA
On est loin l'une de l'autre !
Ma pauvre, c'est pas de bol !
Ouais, je crois que je suis devant Mizoguchi.
BLA
Salut !
Ah ! Taku !
Juste devant Mizoguchi !
Vous êtes assises où ?
ON ÉTAIT EN TRAIN DE PARLER DE NOS NOUVELLES PLACES QUAND TAKU EST ARRIVÉ.
Il est flippant, il ne bouge pas d'un poil !
ET QUAND IL A ENTENDU QU'ELLE DEVAIT ÊTRE DEVANT TOI...
Hmm...
Si tu veux...

IL LUI A PROPOSÉ D'ÉCHANGER LEURS PLACES.
... je veux bien changer avec toi !
Quoi ? Tu es sûr !?
Merci beaucoup !
Tu me payeras une glace !
COMME PAR HASARD, DEPUIS QU'IL EST ASSIS DEVANT TOI, IL TE COLLE SANS ARRÊT.
DONC, EUH...
ET PUIS, IL Y AVAIT DÉJÀ DES RUMEURS À SON SUJET...
JE SAIS QU'IL Y A DE MEILLEURES FAÇONS DE LE DIRE...
... MAIS TU DEVRAIS QUAND MÊME FAIRE ATTENTION !
Ses mots, reflet de notre société, m'ont fait l'effet d'un couteau planté en plein cœur.

Et le fait que j'exalte intérieurement me rend encore plus détestable qu'eux.
澤原
Au fond de moi, je priais pour que tout ça soit vrai.
... et qu'il vive dans la même souffrance que moi.
Que le Sawahara aimé de tous ne soit qu'un mensonge...
... une carapace...
SAWAHARA !

AH ! SUPER TIMING !
BEAU BOULOT, MONSIEUR LE MEMBRE DU COMITÉ !
J'AI DISCUTÉ UN MOMENT AVEC MATSU...
... ET PUIS JE ME SUIS DIT QU'ON POURRAIT RENTRER ENSEMBLE, SI TU ÉTAIS ENCORE LÀ !
SAWAHARA...
OUI ?
JE SUIS AU COURANT.
DE QUOI ?
GLOUPS
EN RÉALITÉ, C'EST KAWANO QUI DEVAIT ÊTRE ASSISE DEVANT MOI.

POURQUOI EST-CE QUE TU CHERCHES TANT À ME PARLER ?
POURQUOI AS-TU VOULU ÊTRE DEVANT MOI ?
... TANT QUE TU RESTES AVEC MOI.
... POUR QUE VOUS ÉCHANGIEZ VOS PLACES.
POURQUOI...
... VEUX-TU À CE POINT QU'ON DEVIENNE AMIS ?

PARCE QUE...
... J'AI SENTI...
... QUE TU ÉTAIS...
... COMME MOI.
JE ME SUIS FAIT DES IDÉES ?

...!
GRAB
QU'EST-CE...
... QUE TU...
YÛ...
CRRR
HÉ...
CRRR
SHAKA
BOM
YÛ...

CLAC
CLAC ガタ...
ATT...
NH !
SLURP
haa
Nh !
YÛ...
SAWAHARA...
SAWAHARA...

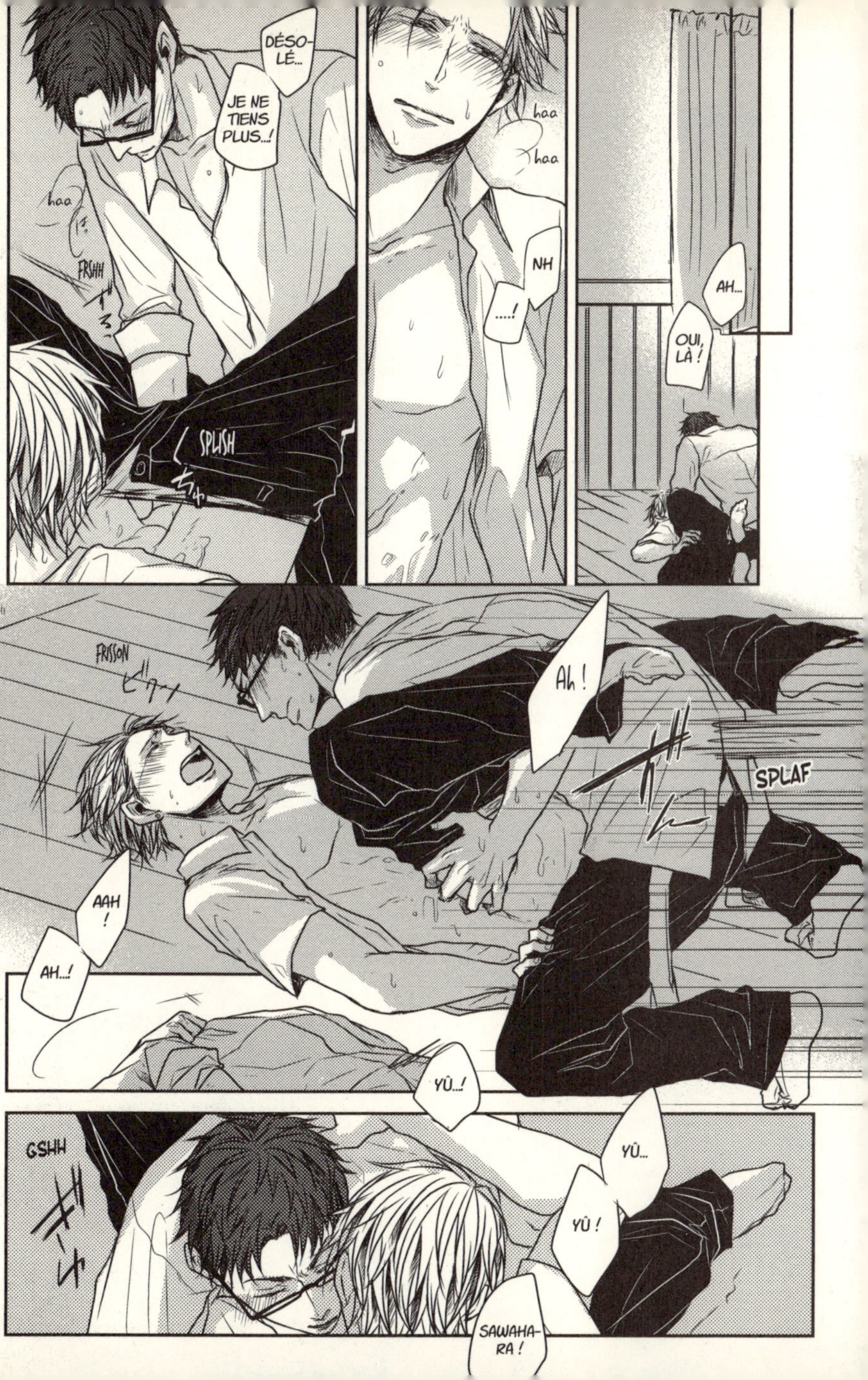
AH...
OUI, LÀ !
haa
haa
NH
....!
DÉSOLÉ...
JE NE TIENS PLUS...!
haa
FRSHH
SPLISH
Ah !
SPLAF
FRISSON
AAH !
AH...!
YÛ...!
YÛ...
YÛ !
GSHH
SAWAHARA !

Ton parfum/FIN

Je ne peux pas vivre sans toi

Oh ! Mizoguchi !
Mon premier amour...
Tu as tout bon, je te félicite !
... a été mon instituteur à l'école primaire.
CRICRICRI
Je suis tombé amoureux plusieurs fois...
CRICRICRI
SLURP
... et il m'est même arrivé de sortir avec des filles.
CRICRICRI
Mais à chaque fois, je me faisais plaquer parce que « quelque chose » n'allait pas.

Puis j'en suis venu à me détester d'aimer les hommes.
CRICRICRI
CRICRICRI
STAP
STAP
STAP
POF
Ugh !
JE SUIS REVENU.
Fouaaah
HMM...
TU AS FINI ?
OUI.
Sawahara est comme moi.

On a commencé à traîner ensemble après le changement des places...
CRICRICRI
LES VACANCES D'ÉTÉ FINISSENT DÉJÀ LA SEMAINE PROCHAINE...
JE VOUDRAIS M'AMUSER PLUS LONGTEMPS, C'EST CHIANT L'ÉCOLE !
... et c'est en entendant des élèves de la classe le dénigrer que j'ai appris qu'on avait les mêmes préférences.
CRICRICRI
CRICRICRI
EST-CE QUE...
... TU ÉTUDIES, AU MOINS ? ÇA IRA, L'ANNÉE PROCHAINE ?
À présent, c'est une personne très importante à mes yeux, à qui je peux tout dire.
C'EST POUR ÇA QUE JE VAIS CHEZ TOI, POUR QUE TU M'EXPLIQUES CE QUE JE NE COMPRENDS PAS.
STAP
STAP
MOUAIS, TU PASSES PLUS DE TEMPS À T'AMUSER QU'AUTRE CHOSE !
HA ! HA ! HA ! C'EST PAS FAUX !
STAP
OH ! IL N'Y A PAS UN CHAT !
À PART MOI, PERSONNE NE DEVAIT AVOIR GRAND-CHOSE À FAIRE ICI...
CRICRICRI

DIS, DIS !
OUI ?
CRICRICRI
VOIR L'ÉCOLE COMME ÇA, COMPLÈ-TEMENT DÉSERTE...
... ÇA NE TE DONNE PAS L'IMPRESSION QU'ON EST DANS UN AUTRE MONDE ?
COMME SI L'ÉCOLE ÉTAIT PASSÉE DANS UNE AUTRE DIMENSION...
... ET QU'ON ÉTAIT LES DERNIERS ÊTRES HUMAINS !
OUAIS, VAGUEMENT...
SI C'ÉTAIT LE CAS...
GSHH
... ON POURRAIT S'EMBRASSER SANS CRAINDRE QUOI QUE CE SOIT !

CRICRICRI
CRICRICRI
SMILE
DOMMAGE QU'ON NE SOIT PAS RÉELLEMENT DANS UNE AUTRE DIMENSION...
... CELA DIT, IL N'Y A ABSOLUMENT PERSONNE.
CRICRICRI
PAS VRAI...
... YÛ ?
CRICRICRI

CRICRICRI
NH...
SMACK
Ha !
Ha !
CRICRICRI
Ce serait tellement bien qu'on soit seuls au monde.
FRSHH
CRICRICRI
CRICRICRI
CRICRICRI
Oui, ce serait le pied !

DIIIN
DOOONG
キーンコーン
カーンコーン
N'OUBLIEZ PAS DE PRÉPARER LE FESTIVAL INTERDISCIPLINAIRE !
SLURP
SLURP
BLA
BLA
COOL !
Qu'est-ce qu'on va faire ?!
DIS...
HM ?
TU DEVRAS FAIRE QUELQUE CHOSE CE JOUR-LÀ ?
TU ES TOUJOURS MEMBRE DU COMITÉ, NON ?
POURQUOI ?
TAP
TAP
HM ?
JE DEVRAI SÛREMENT FAIRE DES RONDES, OU GUIDER LES GENS...

MARMONNE
J'AURAIS VOULU QU'ON FASSE UN TOUR EN-SEMBLE...
... C'EST TOUT...
PFFT
ÇA NE DEVRAIT POSER AUCUN PROBLÈME.
SÉRIEUX !?
BIEN SÛR.
SBAM
Génial ! J'ai encore plus hâte !
Je te contacterai quand j'aurai terminé !
O.K. !

DÉSOLÉ DE TE DEMANDER TON AIDE...
C'EST RIEN, ÇA ME FAIT PLAISIR !
OH !
AH...
SALUT, UCCHI !
SALUT !
VOUS PORTEZ LES CARTONS ENTRE POTES ?
OUAIP ! MIZOGUCHI ET MOI ON EST SUPER POTES !
T'ES JALOUX, HEIN !?
Hé Hé
PAS TELLEMENT, NON ! C'EST SURTOUT AVEC LES NANAS QUE J'AIMERAIS BIEN COPINER !

POF
D'AILLEURS, IL Y A BEAUCOUP DE RUMEURS À TON SUJET, CES TEMPS-CI !
TU SAIS, T'AS REJETÉ PLEIN DE FILLES, ET VOUS ÊTES TOU-JOURS FOURRÉS ENSEMBLE !
DU COUP, LES GENS RACONTENT PARTOUT QU'EN FAIT, TU SERAIS GAY !
PAS FACILE D'AVOIR LA COTE, HEIN ? POUR PEU QUE TU COLLES UN VENT À UNE FILLE, TU TE FAIS TRAITER DE GAY !
À CE NIVEAU-LÀ, MOI, J'APPELLE MÊME PLUS ÇA DE LA MÉDISANCE !
C'EST DÉBILE, MAIS BON...
BEN, N'EN PARLE PAS, ALORS !
SI ! C'EST ÇA QUI EST DRÔLE !
TOUT VA BIEN ?

DE QUOI TU PARLES ?
ÉVIDEMMENT QUE ÇA VA !
J'AI MAL...
... FORMULÉ MA QUESTION.
Comment ça pourrait aller ?
C'est tellement pénible d'avoir à se cacher que moi, j'ai préféré éviter au maximum les interactions sociales.
C'est ici ?
Oui !
Sa-lut !
Mais ce n'est pas le cas de Sawahara.
À quoi ça ressemble ?
Tiens, regarde !
Waouw, c'est génial !
Sa méthode à lui pour se cacher, c'était justement de passer du temps avec les autres.

Je me demande si ce n'est pas encore plus difficile s'il passe du temps avec moi...
En restant à mes côtés, il risque de perdre plus que ce qu'il gagnera.
DIS...
OUI ?
TU TE SOUVIENS...
... AU DÉBUT, QUAND J'AI DIT...
... QUE TOUT SE PASSE-RAIT BIEN SI TU RESTAIS AVEC MOI ?
ET COMMENT QUE JE M'EN SOU-VIENS !
SI C'EST TROP DIFFICILE POUR TOI...
... TU N'ES PAS OBLIGÉ...

QUOI...?
QU'EST-CE QUE TU VEUX DIRE ?
IL VAUDRAIT PEUT-ÊTRE MIEUX QU'ON NE TRAÎNE PAS TROP ENSEMBLE À L'ÉCOLE...
ÇA NE FERAIT QUE TE BLESSER DAVANTAGE.
QU'EST-CE QUE...
TANT QUE NOTRE RELATION RESTE SECRÈTE, LES RUMEURS NE SERONT QUE DES RUMEURS, ET ELLES DISPARAÎTRONT.
TU NE SERAS PLUS BLESSÉS PAR LES PAROLES DES AUTRES.
RIEN NE T'OBLIGE À RESTE PRÈS DE MOI...
JE NE VEUX PAS QUE TU DÉTRUISES TOUT CE QUE TU AS PASSÉ...
... TANT DE TEMPS À CONSTRUIRE !
TU N'ES PAS OBLIGÉ DE TOURNER AUTOUR DU POT, HEIN !

SI TU VEUX QU'ON ARRÊTE, DIS-LE CLAIREMENT !
MAIS NON ! TU N'Y ES PAS DU TOUT !
JE...
POURQUOI TU ME DIS ÇA, ALORS !?
JE...!
SI TU M'AIMES VRAIMENT...
... TU DEVRAIS SAVOIR...
... QUE CE N'EST PAS CE QUE JE VEUX ENTENDRE !

SALUT...
'LUT !
CLAC
STAP
SALUT, MINASAKA !
SALUT, TAKU !
STAP
J'AI OUBLIÉ MES AFFAIRES DE SPORT AUJOURD'HUI !
ÇA CRAINT !

On a simplement remonté le temps de plusieurs mois.
Carrément !
Sawahara appartient à un autre monde...
... auquel je n'aurais jamais dû me mêler.
C'est mieux ainsi.
Oui, c'est mieux !

CET APRÈS-MIDI, IL Y AURA DES CONCERTS DANS LE GYMNASE...
... DONC JE VOUS DEMANDE D'ÊTRE PARTICULIÈREMENT ATTENTIFS...
... DURANT LES RONDES DANS CETTE ZONE.
JE COMPTE SUR VOUS TOUS !
KYAAAH
KYAAAH
QU'EST-CE QU'IL Y A DÉJÀ, PAR LÀ ?
Viens, on va voir !
J'AI FINI CE QUE J'AVAIS À FAIRE, J'AI ENVIE DE RENTRER...
BROUHAHA
N'hésitez pas à entrer !
Il y a des places libres !
Merci beaucoup !
MAID CAFÉ Des boissons et des pâtisseries sont servies ! Faites comme chez vous !
WAAAH
FÉLICITATIONS !
FÉLICITATIONS !
Kyaaah !
Félicitations !
Félicitations !

Pourquoi ne pas transmettre vos sentiments ?
Kyaaah
Kyaaaah
La prochaine déclaration vient d'une demoiselle de première année !
DES DÉCLARATIONS PUBLIQUES ?
C'EST UN PEU TRISTE SI ON SE PREND UN RÂTEAU...
Déclarer son amour, sortir ensemble, être heureux...
Pourquoi ne puis-je pas avoir tout ça, alors que ça semble si naturel ?
TIENS, C'EST VRAI... ON AVAIT DIT QU'ON IRAIT...
QUOI ?
PAR ICI !
... FAIRE UN TOUR ENSEMBLE...
ALLEZ, ON NOUS ATTEND !
HEIN ? QUOI ?
JE NE SUIS PAS AU COURANT...!

JE SAIS QUE C'EST SOUDAIN…
… MAIS…
… DEPUIS QUE JE T'AI VU AU FESTIVAL SPORTIF…
… JE…
… JE SUIS AMOUREUSE DE TOI !
VOUDRAIS-TU SORTIR AVEC MOI ?

Kyaaaah
Kyaaaah
Kyaaaah
Ca alors ! C'était de Sawahara qu'elle était amoureuse !
Qu'est-ce que je fabrique ici, à regarder ?
Sawahara...
... est tellement loin...

VA-T-IL ACCEPTER ?
CE SERAIT LE MEILLEUR MOYEN DE SE FONDRE DANS LA MASSE.
NON...
PLUS IL AGIT COMME ÇA...
BOBOM
Penser que le fait de l'aimer et de penser à lui...
HM...
... PLUS IL SE BLESSE.
J'ÉTAIS LE SEUL À LE SAVOIR, COMMENT AI-JE PU L'OUBLIER ?
... pouvait le faire souffrir...

JE SUIS DÉSOLÉ...
... MAIS MON CŒUR EST DÉJÀ PRIS.
BROUHAHA
BROUHAHA
C'EST QUELQU'UN QUI SOURIT TRÈS PEU ET QUI N'EST PAS TOU-JOURS TRÈS AIMABLE...
D'AILLEURS, ON S'EST DISPUTÉS ET ON NE SE PARLE PLUS TROP EN CE MOMENT.
MAIS JE L'AIME.
KYAAAAH
KYAAAAH
KYAAAAH
... était une grossière erreur !
Quand il m'a approché pour la toute première fois, au fond de moi...
... j'avais déjà pris ma décision.

C'est qui ? Tu devrais lui avouer !
Ouais, grave !
STAP
STAP
STAP
GRAB
BLA
BLA
BLA
DÉSOLÉ DE NE PAS ÊTRE TRÈS AIMABLE, HEIN !
C'EST EN PARTIE CE QUI FAIT TON CHARME !

VOILÀ...
.....
DOOOOM
ぽかん
HEIIIIN !?
GYAHAHAHA !
Kyaaaah !
Sérieux !? J'y crois pas !
ALLEZ, SALUT !
VOUS SAVEZ TOUT !
SILENCE
HA ! HA ! HA !
HA ! HA ! HA !
CLAC

ha ha ha
HA ! HA ! HA ! HA !
HA ! HA ! HA !
haa
PFIOU ! JE ME SENS MIEUX ! TU AS VU LEUR TÊTE À TOUS !?
OUI ! ON AURAIT DIT QUE LEURS CERVEAUX S'ÉTAIENT MIS À L'ARRÊT D'UN COUP !
pof
PAR CONTRE…
… CE N'ÉTAIT PAS TRÈS SYMPA POUR LA FILLE…
PEUT-ÊTRE, MAIS C'EST MIEUX COMME ÇA.

OUI...
MAIS JE NE TE CACHE PAS QUE J'AI PEUR QUE MES AMIS ME TOURNENT LE DOS !
J'AI TOUJOURS FAIT DE MON MIEUX POUR ME CACHER EN ALLANT JUSQU'À ME FAIRE PASSER POUR UN HÉTÉRO.
Être amoureux d'un garçon...
... c'est trop bizarre !
TOUT ÇA...
... PARCE QUE JE N'AVAIS PERSONNE À QUI DIRE LA VÉRITÉ.

MAIS À PRÉSENT...
... TU ES LÀ POUR MOI, YÛ.
CRRR
JE NE SUIS PLUS SEUL.
ON PEUT BIEN N'ÊTRE QUE TOUS LES DEUX, ÇA M'EST ÉGAL.

ALORS JE T'EN PRIE...
DIS-MOI QUE JE PEUX RESTER AVEC TOI !
GRAB
J'EN AI ASSEZ DE MENTIR !
ET JE NE PEUX PAS IMAGINER...
... QUE TU NE SOIS PLUS À MES CÔTÉS !

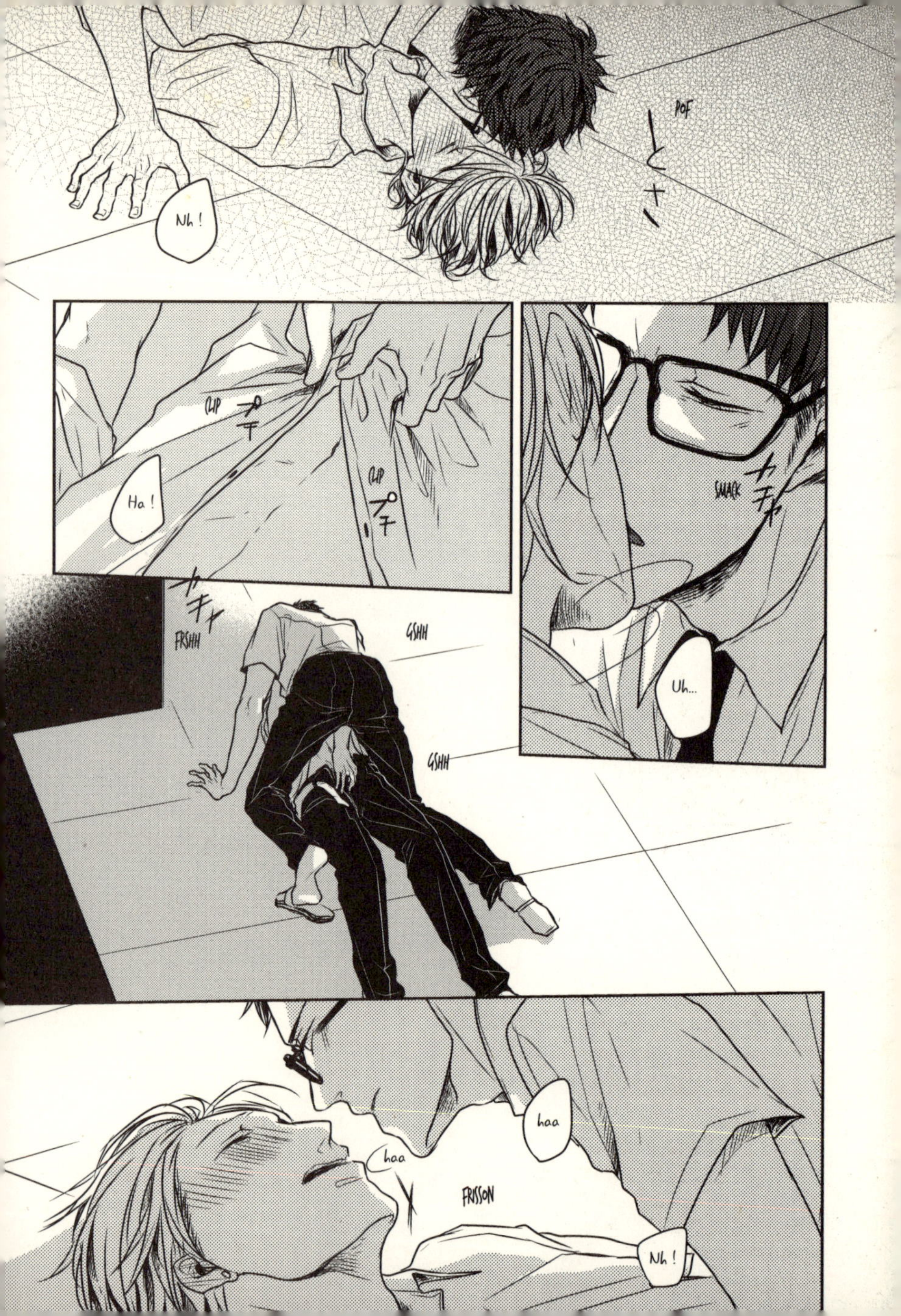
POF
Nh !
SMACK
Uh...
CLIP
Ha !
CLIP
GSHH
FRSHH
GSHH
haa
haa
FRISSON
Nh !

GSHH
Ah !
Là...
Ah !
BRRR
SPLISH
SMACK
Nh !
SLURP
Ha !
Ah !
Ah !
SAWAHARA...
MON...
... PRÉ-NOM...
APPELLE-MOI PAR...
... MON PRÉNOM...
GSHH
YÛ...

Je ne peux pas vivre sans toi/FIN

DOOOM
ズーン
MERDE !
JE N'ARRIVE PLUS À BANDER !
Après le jeu...
NON, NON ET NON !
C'EST LA MISÈRE ! NE ME DIS QUAND MÊME PAS QUE JE SUIS DEVENU IM-PUISSANT !?
ET SI TU NE BANDES PAS, IMPOSSIBLE DE LA METTRE.
LA FERME !
ÇA AURAIT POSÉ PRO-BLÈME QUAND TU COUCHAIS AVEC DES FEMMES...
GRAAAH
うおおお
haa

… MAIS PLUS MAINTENANT.
AH !
HÉ !
GRAB
C'EST BON…
UNE MINUTE !
LAISSE-TOI FAIRE.
SBAF
ATTENDS !

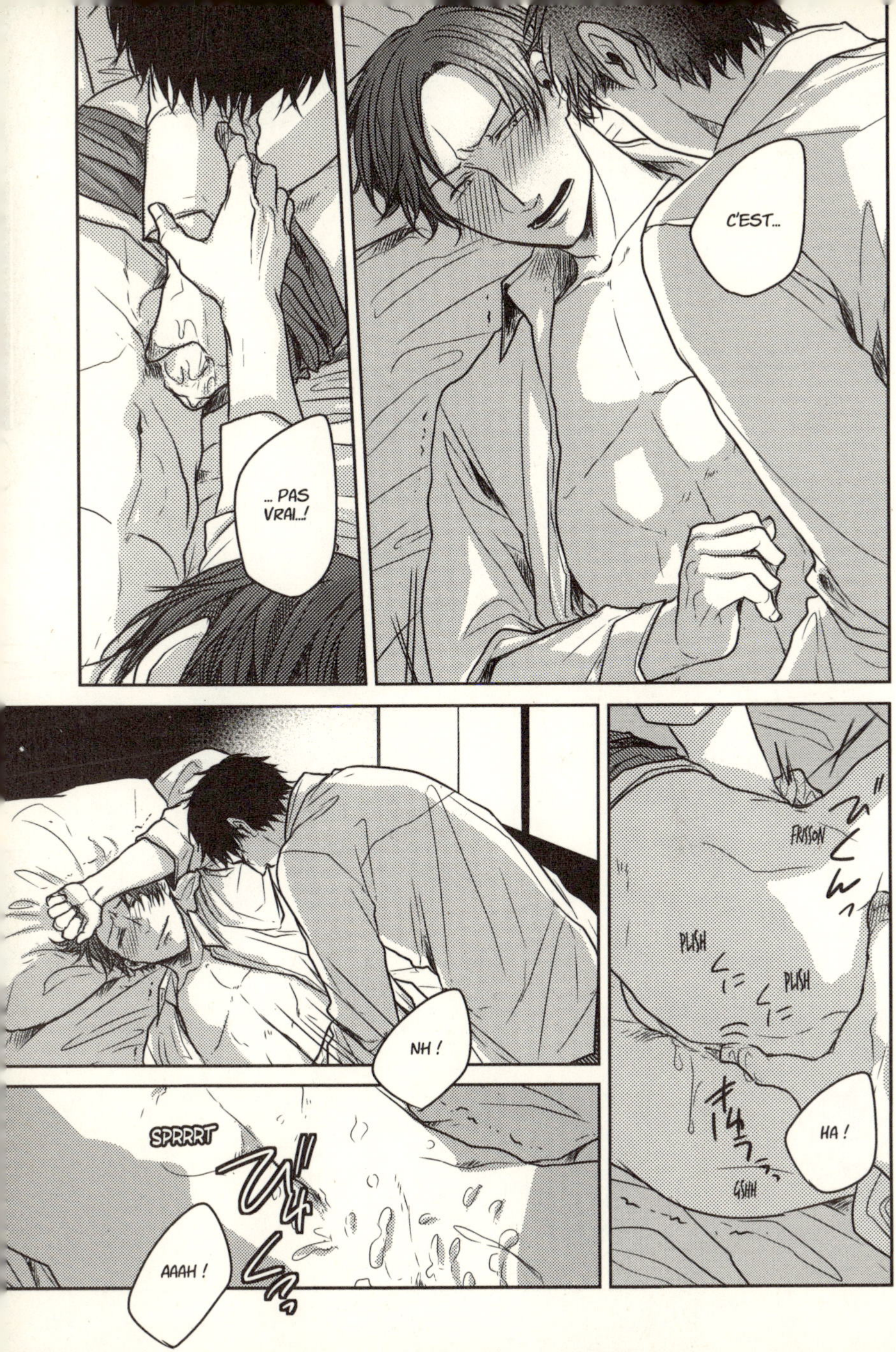
C'EST...
... PAS VRAI...!
FRISSON
PLISH
PLISH
GSHH
HA !
NH !
SPRRRT
AAAH !

Après le jeu…/FIN

The capricious love is moderate

Hana COLLECTION

www.boys-loves.fr

Adaptation graphique : Studio moshi
Maquette : Pierrick Gontero
Traduit du japonais par : Aline Kukor
Responsable Editorial & Production : Anthony Graci

Dépot légal : Juillet 2017
ISBN 978-2-36877-528-8

Remerciement particulier à Aurélie Valognes

Imprimé par GZ Digital Media as

Egalement disponible
dans la collection Hana...

Incontestablement considéré comme l'un des meilleurs mangas BL de cette dernière décennie, Nakamura Asumiko fut élue meilleure auteur et ses personnages, Hikaru et Rihito, furent aussi respectivement élus meilleur sème et meilleur uke.

Doukyusei - Serie vol.1

Hikaru est élève dans un lycée privé pour garçon. En cours de musique, sa classe se prépare pour une chorale qui aura lieu dans quelques mois. Pour Hikaru qui fait partie d'un groupe, la tâche est plutôt aisée. Mais quand il réalise aux répétitions que Rihito – un discret et intelligent camarade de classe – ne chante pas, cela l'intrigue et lui propose alors de l'entrainer. Mais tandis qu'ils passent de plus en plus de temps ensemble, Hikaru réalise à contre-coeur que les efforts de Rihito sont pour Harasen, leur professeur de musique.

Sotsugyosei - Serie vol.2

Sajô et Kusakabe, que tout sépare pourtant, sortent toujours ensemble. En pleines révisions, Sajô est cependant confronté aux affres de l'amour : jalousie, questions, projets d'avenir dont Kusakabe n'ose pas lui parler. Entre ses préparatifs pour entrer à l'université et les maladresses de son petit ami, l'élève modèle ne sait plus où donner de la tête. Sans parler de Monsieur Hara, qui insiste pour veiller sur lui d'une façon plus qu'ambiguë. Sajô n'est pas au bout de ses peines, car la situation ne fait qu'empirer...

Sotsugyosei - Serie vol.3

Entre ses révisions et sa mère malade, Sajô accumule la fatigue malgré le soutien de Monsieur Hara, qui supporte tant bien que mal son rejet, et les nombreuses attentions de Kusakabe. Lorsque celui-ci est présenté à la mère de Sajô, il réalise que c'est un pas de plus vers une vie d'adulte qu'il commence à redouter : si ce diplôme tant attendu leur ouvre les portes vers l'avenir, il est aussi synonyme de séparation...

Un manga de ***ASUMIKO NAKAMURA***

Série en 3 tomes - Genre : Comédie - Tranche de vie - Yaoi - 192 pages . 7,95 €

Hana Yaoi

Succombez au charme graphique particulier et enivrant de Zakk, et plongez dans l'histoire atypique et saisissante de Canis, où l'auteur a su brillamment mêler l'univers de la mode et celui de la mafia New Yorkaise.

Canis - Dear Mr. Rain

Chapelier à la renommée internationale malgré son jeune âge, Satoru Kutsuna se contente de travailler dans son humble boutique, loin des projecteurs des défilés. Trop exigeant envers ses salariés, il se retrouve à devoir trouver pour le lendemain un nouvel employé en vue d'un gros évènement. En rentrant chez lui désespéré de n'avoir trouvé personne, il tombe sur Ryou Kashiba, un jeune homme gisant inconscient sous la pluie et le froid, qu'il décide de ramener chez lui.

Canis - Dear Hatter vol.1

Gotou, ami et rival de longue date de Satoru, a inscrit ce dernier pour participer à la prochaine fashion week de New York. Un coup monté avec néanmoins l'espoir qu'il se surpasse pour enfin sortir de l'ombre et redevenir le célèbre chapelier qu'il était 4 ans auparavant. Tandis que Satoru combat ses démons intérieurs en prévision du grand show, Ryou tente d'oublier son passé au sein de la mafia pour commencer sa nouvelle vie aux côtés de son bienfaiteur.

Canis - Dear Hatter vol.2

Déterminé à rester à New York afin de pourchasser les fantômes de son passé, Ryou décide de faire ses adieux à Satoru. Ce dernier, rentré seul au Japon, se retrouve ainsi confronté à son solitaire et pesant quotidien d'artiste en vogue. Mais alors qu'il commence enfin à réaliser ses sentiments envers Ryou, Gotô lui fait une proposition inespérée : Faire partie de sa toute nouvelle marque réunissant les meilleurs chapeliers du monde, et ainsi assister à l'ouverture de sa boutique phare située à... New York !

Un manga de ***ZAKK***

Série en 3 tomes - Genre : Drame - Tranche de vie - Yaoi - 224 pages . 7,95 €

Hana Yaoi

Blue Morning

Le **Best-Seller** Yuuutsu na Asa
de **Shoko Hidaka !**

vol.1

vol.2

vol.3

vol.4

vol.5

vol.6
Prochainement

Une belle demeure, des domestiques, les lourdes responsabilités qui incombent à un jeune héritier du domaine familial et son froid et cruel précepteur... L'ambiance de Yuutsuna asa vous transportera dans un autre temps ! Devenez les témoins de l'histoire intemporelle du «Je t'aime moi non plus» !

Depuis la mort de son père, Akihito Kuze a dû endosser le rôle de Vicomte et reprendre les rênes de la famille. Et celui qui prend en main l'éducation de ce dernier n'est autre que le beau et intelligent intendant familial, Satoshi Katsuragi. Mais Katsuragi, qui est pourtant remarqué pour ses qualités en société agit de manière très froide avec Akihito. «Est-ce qu'il me déteste ?!» Akihito qui est attiré par Katsuragi veut connaître la raison de ce rejet ! Plongez dans cette épopée romanesque racontant l'amour d'un jeune vicomte et de son intendant !!

Un manga de ***SHOKO HIDAKA*** *Genre : Yaoi - Drame*
224 pages . 7,95 € - vol.1 à 5 disponibles - Série en cours

Hana Yaoi

Résumé :

Kumi signifie « amertume ». Un nom bien peu engageant pour un acteur de porno gay, devenu producteur après sa retraite. Pourtant, Kumi est tout l'inverse de son prénom : gentil, distrait, enjoué, et passionnément amoureux d'un ex-yakuza ronchon qui ne lui a jamais rendu la vie facile. Dans son bureau se déroulent les scènes les plus improbables et défilent les personnages aux profils les plus étonnants… Entrez dans l'univers décomplexé de Shinjuku Lucky Hole, où sexe et amour se suivent, mais ne se ressemblent pas ! Découvrez le monde du porno gay, sans tabous ni complexes, dans ce one-shot sexy et rafraîchissant !

Un manga de ***KUMOTA HARUKO***
Genre : Yaoi - Comédie - Tranche de vie
192 pages . 7,95 €
One shot

Hana Yaoi

Résumé :

À dix-neuf ans, Ryô hérite de trois frères suite au remariage de son père : Kentô, le plus âgé des trois, est un élève brillant et sérieux ; Hayato, le second, est un jeune homme calme et intransigeant ; quant à Masato, le petit dernier, c'est un garçon espiègle et très câlin. Bien qu'il soit à présent le nouveau patron du café que tenait sa belle-mère, le jeune homme n'en reste pas moins désorienté. Mais on dirait bien que l'amour pointe le bout de son nez au cœur de cette famille recomposée !? Voici le coup d'envoi d'une série romantique où les personnages évoluent sous un même toit !

Résumé :

Après le remariage de son père, Ryô a hérité de trois petits frères. Kento, l'aîné des trois, qui se soucie beaucoup de sa famille; Hayato, le cadet, antipathique mais profondément gentil; et Masato, le benjamin, qui adore se faire gâter par les autres. Tous les quatre vont devoir se serrer les coudes afin de rester une famille unie suite au décès de leurs parents. Mais voilà que Kento se sent troublé par la déclaration d'amour que lui a fait Takeya, le meilleur ami de Masato, et que Ryô s'inquiète de voir Hayato prendre ses distances avec lui. Plus ils prennent conscience de certaines choses, et plus leurs relations vont devenir compliquées.

Un manga de ***KOTETSUKO YAMAMOTO*** *- Genre : Yaoi - Comédie - Tranche de vie*
192 pages . 7,95 € - Série en cours

Hana Yaoi

Résumé :

Hajime Satô, 25 ans, fait de son mieux chaque jour pour survivre dans une entreprise qui ne se gêne pas pour l'exploiter. Alors qu'il rentre chez lui avec le premier train du matin, exténué par plusieurs jours de travail sans repos, il entend une vidéo porno résonner dans le wagon où il se trouve (ce qui ne manque pas de provoquer une certaine réaction entre ses jambes) ! Tandis qu'il cherche d'où proviennent ces sons, son regard se pose sur une espèce de beau gosse aux allures de play-boy... Ce dernier, pour se faire pardonner (!?) d'avoir mis Hajime dans cette malencontreuse situation, décide de l'emmener dans les toilettes publiques pour s'occuper de lui. Comment réagira le pauvre jeune homme dont la virginité est grandement menacée... !?

Un manga de ***OWAL***
Genre : Yaoi - Hard - Tranche de vie
192 pages . 7,95 €
One shot

Résumé :

Les objets, les gens, les choses qu'il aime, Hiroi partage tout avec Take, son ami d'enfance. Malgré les échecs répétés qu'occasionnent leurs ménages à trois, Hiroi s'entête et, un jour, présente à Take son nouvel amant. Ce dernier, trop amoureux de Hiroi pour refuser la présence encombrante de Take, devra apprendre à les accepter tous les deux tels qu'ils sont. Entre mésententes, remises en question et scènes d'amour intenses, notre trio pourra-t-il trouver son équilibre ? Fraise, vanille ou chocolat… Pourquoi choisir entre des saveurs qui se marient si bien ? Relation piquante, sexe appétissant, plaisir dévorant... Découvrez les affres de l'amour à trois !

Un manga de ***PSYCHE DELICO***
Genre : Yaoi - Hard - Tranche de vie
192 pages . 7,95 €
One shot

Hana Yaoi

Résumé :

Momose est un lycéen introverti qui ne porte que peu d'intérêt aux autres. Jusqu'au jour où il croise un jeune travesti dans le très vivant quartier de Shibuya. Pour lui il n'y a pas de doute, il s'agit de son camarade de classe Yashiro. Pourtant ce dernier fait partie du groupe le plus cool de la classe et ne semble pas du tout être du genre à se travestir, et encore moins à être homo. S'agit-il vraiment de la même personne ? Et si c'est le cas, que pouvait bien faire Yashiro à attendre dans la rue dans cette tenue ? En tout cas une chose est sûre, Momose ne peut plus penser à autre chose et il est bien déterminé à découvrir son secret.

Un manga de ***HIDEYOSHICO***
Genre : Yaoi - Comédie - Tranche de vie
192 pages . 7,95 €
One shot

Hana Yaoi

Résumé :

Cette comédie romantique délirante et ses personnages hauts en couleur ne manqueront pas de vous amuser au fil des chapitres ! Un nouveau manga de l'auteur de «Like the beast» et «let's pray with the priest» à découvrir dès cet été ! Cela fait maintenant une semaine que Takashi sort avec Haruhiko Fujimori, le patron de la boutique de fleurs où il travaille. Le jeune homme à l'habitude d'être tripoté et sexuellement harcelé par son patron, mais le simple fait de penser qu'ils forment à présent un couple le rend nerveux et inquiet... Malgré tout, nos deux tourtereaux décident de vivre ensemble !? Attention, Haruhiko Fujimori passe à l'action !

Résumé :

Retrouvez les aventures amoureuses de ce petit couple en passant du rire aux larmes grâce à la sincérité du jeune Takashi, sans oublier toutefois l'inévitable touche perverse du beau Haruhiko !! Takashi vit avec son petit ami, Haruhiko Fujimori, le patron de la boutique de fleurs « Flower Hall ». Il n'est peut-être pas encore totalement au point niveau travail, mais les sentiments qu'il éprouve pour son patron, eux, sont plus forts que tout ! Du moins c'était censé être le cas, mais pile au moment où le jeune homme commence à douter un peu, l'ex-petite amie de son patron refait surface !?

Un manga de ***KOTETSUKO YAMAMOTO*** *- Genre : Yaoi - Comédie - Tranche de vie*
192 pages . 7,95 € - Série en 2 tomes

Hana Yaoi

Résumé :

Quand on se touche entre amis, c'est de l'amour ou pas…?? L'histoire de deux adolescents inexpérimentés en proie aux hormones !

Sakurai, lycéen puceau, entretient une relation fusionnelle avec sa main droite. Un jour, alors qu'il se masturbe en regardant une vidéo pornographique, son ami Shinohara le surprend pile au moment crucial ! Sakurai voudrait faire comme s'il ne s'était rien passé, mais le comportement de Shinohara envers lui est de plus en plus étrange ; il va jusqu'à l'embrasser et demander à le regarder pendant qu'il se touche… Ce qui pousse Sakurai, bien sûr, à se poser la question : Shinohara serait-il amoureux de lui ? Entre désir et sentiments, deux amis de lycée à la découverte de l'amour physique !

Un manga de ***Aya Sakyo***
Genre : Yaoi - Comédie - Tranche de vie
180 pages . 7,95 €
One shot

Hana Yaoi

Résumé :

« Je suis fétichiste des vêtements, puis-je te tripoter dans ta combinaison moulante ? »

Cette proposition alléchante vient du beau Tôma, pour qui Kuroe a accepté d'être modèle. Ce qui devait être un simple échange de bons procédés entre deux étudiants en design, respectivement de mode et de jeux vidéo, se transforme tout à coup en une situation embarrassante à laquelle Kuroe devrait vouloir se soustraire. Mais qui ne craquerait pas face au charme hypnotique de Tôma, avec ses expressions adorables, sa sincérité alarmante et son côté trop passionné ? Car si Kuroe est aussi peu réticent, c'est parce que Tôma lui rappelle sa propre obsession…

Un manga de ***UNI YAMASAKI***
Genre : Yaoi - Comédie - Tranche de vie
192 pages . 7,95 €
One shot

Hana Yaoi

Résumé :

Shun Hashimoto, gay, est écrivain en herbe, tandis que Mio Chibana est un lycéen mélancolique passant son temps à regarder la mer. Ils se sont rencontrés il y a de cela trois ans, sur la plage d'une petite île isolée d'Okinawa. Plus les jours passaient, plus les deux jeunes hommes se rapprochaient. Cependant, Mio ne tarde pas à devoir quitter l'île, et lorsqu'il y revient après trois longues année de réflexion, il se rend directement chez Shun pour lui avouer qu'il l'aime. Mais de son côté, le jeune écrivain a bien du mal à faire les premiers pas vers une relation amoureuse…

Un manga de ***KII KANNA***
Genre : Yaoi - Comédie - Tranche de vie
192 pages . 7,95 €
One shot

Hana Yaoi

Résumé :

Véritables tombeurs de ces dames, Jôsei Tsubakiya et Motoki Sakurai sont des stars dans leur université. Pourtant, après une soirée ratée et un peu trop arrosée, les deux jeunes hommes finissent ensemble dans un love hotel. Bien que tout soit parti d'une simple blague, la situation ne laisse pas Jôsei de marbre et Motoki se voit contraint de le soulager avec ses mains... avant de se retrouver lui aussi dans une situation inconfortable ! La curiosité et le plaisir étant plus forts que la raison, les deux garçons se lâchent et les choses dérapent très vite ! Deux beaux gosses, de l'alcool, un love Hotel... et vous obtiendrez un Coktail explosif !

Un manga de ***OWAL***
Genre : Yaoi - Comédie - Tranche de vie
192 pages . 7,95 €
One shot

Hana Yaoi

Résumé :

Dans un lointain pays, il existe un oiseau nommé zhen. C'est un être à la fois merveilleux et néfaste, qui se repaît de nourriture toxique et exhibe sur ses ailes les mille couleurs des poisons qu'il absorbe…

Fei, ancien éleveur de zhen, a fait ses classes comme général dans l'armée impériale. Mais lorsque son frère est tué dans des circonstances obscures, il est contraint de renouer avec son précédent métier. Fei devra faire face à ce décès mystérieux et au traitement odieux que l'on réserve à ces bêtes pourtant semi-humaines, dont la fierté ne cache pourtant qu'un simple besoin d'amour. Entrez dans l'univers fascinant de Zhen, un one-shot fantastique aux relents de chine traditionnelle et de poison ensorcelant !

Un manga de ***YAYOHI MONZEN***
Genre : Yaoi - Héroic Fantasy - Drame
192 pages . 7,95 €
One shot